COLEÇÃO

Clube dos Segredos

SEGREDOS PERIGOSOS

Clube dos Segredos

1

COLEÇÃO

Clube dos Segredos

SEGREDOS PERIGOSOS

Clube dos Segredos

galera RECORD

Rio de Janeiro | 2008

CIP-BRASIL. CATALOGAÇÃO-NA-FONTE
SINDICATO NACIONAL DOS EDITORES DE LIVROS, RJ

S458
v.1

Segredos perigosos, volume 1 / Luiz Antonio Aguiar... [et al.]. - Rio de Janeiro: Galera Record, 2008.
-(Clube dos segredos; 1)

ISBN 978-85-01-08245-9

1. Literatura juvenil. I. Aguiar, Luiz Antonio, 1955-. II. Série.

08-3338. CDD: 028.5
CDU: 087.5

Projeto gráfico de miolo e capa: Carolina Vaz
Caricaturas: Jorge Guidacci

Direitos exclusivos desta edição reservados pela
EDITORA RECORD LTDA.
Rua Argentina 171 - Rio de Janeiro, RJ - 20921-380 - Tel.: 2585-2000

Impresso no Brasil

ISBN 978-85-01-08245-9

PEDIDOS PELO REEMBOLSO POSTAL
Caixa Postal 23.052 - Rio de Janeiro, RJ - 20922-970

apresentação

Segredos perigosos

CUIDADO!

Cada conto deste livro é um verdadeiro PERIGO!

Olha lá onde você vai pôr sua mão!

É isso mesmo. Tem segredo que não é pra gente saber.

Tem segredo que pode lascar, ferrar... Matar mortinho da silva três vezes.

Ou mais!

Pedro Bandeira, um famoso inventador de histórias, chega com uma, aqui, que é só tensão. O que aquela garota mais queria era arrancar aquele segredo da sua cabeça. Mas agora não ia dar mais. Então, ela ia ter que enfrentar uma figura dessas que a gente não quer encontrar nem em filmes. Quanto mais ali, bem junto, respirando direto no cangote da gente... *O Especialista*!

Rosana Rios tem ligações com seres mágicos de outras eras — isso todo mundo sabe. Mas, aqui, a coisa pega pra valer! Em *Elogio da tortura*, Ada e Leon descobrem um segredo que está escondido há décadas. Algo que até mesmo a História deixou encoberto. E tem gente que chegaria a matar para que isso tudo continuasse sendo segredo.

Rogério Andrade Barbosa é um notório caçador de segredos. Onde menos se espera, lá ele aparece, com sua mochila, fingindo ser um pacato escritor. Seu personagem, Renato Augusto, descobriu uma trama que era para ser mantida em absoluto segredo. Por causa disso, vai precisar sobreviver a muitos perigos. Ou talvez não consiga. Tudo *Em 24 horas*.

Ele era um sujeito prudente. Nada radical. Mas a vida coloca a gente em cada enrascada! Tem hora que a gente precisa decidir se mantém um segredo ou enfrenta... É, viver é perigoso. E Leo Cunha, também conhecido como *Senhor Quatro-Caras* (veja por que aqui dentro), faz tudo se fechar de repente em torno do seu herói num momento que é de vida ou morte, em *A negativa*.

A história se chama *Sex³*. Mas, para os íntimos, também pode ser *Sexo ao cubo*. Um bairro que parece o nosso, na nossa cidade, mas que, por debaixo das aparências, dos disfarces, é muito estranho, cheio de riscos. E um cubo, que pode ter vindo de outros mundos. Só que isso tudo era para ficar em segredo. Um segredo que pode matar. Ou realizar todas as doideiras e fantasias de uma dupla de garotos. Luiz Antonio Aguiar, espião confesso, infiltrado no meio do pessoal-gente-séria, nos traz uma aventura que ninguém consegue parar de ler.

•

Cinco escritores e seus segredos.

O CLUBE DOS SEGREDOS.

Ninguém nunca imaginou que eles fossem ter coragem de se reunir para contar essas histórias.

Até porque tem histórias neste livro que talvez não devessem ser contadas.

Então, lembre-se: se quiser conhecer esses segredos, é por sua conta e risco!

Pedro Bandeira

Procura-se

Pedro Bandeira vive inventando histórias para escrever para você. Assim, como nada do que ele escreve aconteceu de verdade, tudo não passa de mentiras, não é? Aliás, desde pequeno ele sempre teve muito jeito para isso. Para escrever? Não, para contar mentiras. Só que, quando ele era pequeno, os adultos o chamavam de mentiroso e o punham de castigo... Porém, depois que ele se tornou adulto e passou a contar suas mentiras por escrito, todo mundo diz que ele é "criativo"... Pois é: em mentira escrita todo mundo acredita. A última mentira dele foi a história *O Especialista*. Cuidado: é tudo mentira!

O Especialista

Pedro Bandeira

Se eu estava nervosa? Isso seria dizer nada, porque eu estava apavorada, aterrorizada, não queria morrer, não ainda, só dezoito anos neste mundo era pouco; eu achava que tinha uma vida inteira pela frente, um destino melhor deveria ter sido traçado para mim. Foi isso que eu sempre pensei de mim mesma: eu nada tinha aproveitado da vida, esse mundo ainda me devia muito, devia demais, devia tudo, mas eu tinha de fugir, fugir, eu só podia pensar em fugir, entende? Eu estava só, e só me restava fugir. Ou *tentar* fugir, já que *dele*, do Especialista, ninguém escapa.

Como eu poderia fugir carregando aquele segredo? E como eu poderia me *livrar* do segredo? De que modo eu poderia esquecê-lo como se jamais tivesse ouvido nada, sabido de nada, presenciado nada? Não, ninguém consegue esquecer o que sabe só pela simples vontade de esquecer, ou melhor, de nunca ter sabido. É impossível voltar no tempo e deixar de ter estado no lugar errado, na hora errada, para ficar sabendo de alguma coisa tão errada, difícil até de ser imaginada, nem em sonhos...

O que eu gostaria era de arrancar aquele segredo da minha cabeça, como se extirpa um tumor, como se arranca um dente podre, como se amputa um membro gangrenado! Ah, eu agora carregava dentro de mim um segredo que poderia destruir para sempre a Organização! Carregava-o como se estivesse grávida, como se o segredo fosse um feto inseminado em mim por um demônio, a retorcer-se em espasmos dentro do meu útero... Ah, se eu pudesse *abortar* esse segredo, esse feto destinado a destruir o organismo hospedeiro... Sim, o segredo poderia destruir a Organização, mas *o conhecimento* do segredo era o bastante para destruir a mim, para abreviar minha curta vida num estalar de dedos.

Eu queria viver, e só o que me restava era continuar fugindo e tentar sobreviver o maior tempo que pudesse, tendo de carregar aquele segredo como um alvo pintado nas costas, onde *ele* pudesse fazer pontaria com a certeza de apagar o segredo de minha memória junto com a minha vida... Junto com a minha vida, com a *minha* vida...

Tola que fui! Já sem ninguém para me prover, depois da morte de mamãe, eu achava que era forte, que era uma fortaleza impenetrável em corpo de menina. Tola! E que minha força de vontade e minha garra de tudo me protegeriam!

Tola! Tola! Achava que seria possível mudar-me para a cidade grande e, apenas com minha tenacidade, morando em um modesto pensionato, trabalhando sem descanso, economizando tostões e investindo tudo em meu futuro, estudando como uma louca, pouco dormindo, eu achava... Sim, eu achava que poderia conquistar minha completa independência.

Tola! Tola! Tola! Nem rapazes, não, nem rapazes eu deixava entrar em minha vida, não queria ninguém que me dominasse, como mamãe havia deixado que tantos homens controlassem a sua pobre vida. Pobre mamãe! Não! Eu não haveria de deixar que aquilo se repetisse comigo, ah, não! Por isso eu precisava ser melhor do que todos, desconfiar de tudo, tinha de saber mais do que todos da minha idade e...

Preparar-me melhor para o futuro? Para subir na vida? Bom, isso acabou acontecendo, sim, e logo resultou na sorte de, tão jovem, ser escolhida para aquele emprego na Organização. Sorte grande! Dinheiro bom, tinha valido a pena ter lutado tanto para poder transformar-me numa peça quase insubstituível para eles. A Organização era respeitada e admirada por todos mundialmente. Era o lugar mais desejável do mundo para alguém como eu fazer parte. O salário era bom demais, o dinheiro entrava... então, por que o acaso tinha de me escolher? Eu, eu, que jamais fui bisbilhoteira! A vida dos outros, os negócios dos outros nunca tinham significado nada para mim... Eu, eu, que era só e *queria* ser só, independente... Eu tinha aprendido a lutar, não precisava do acaso para me ajudar, muito menos que ele viesse para cavar minha sepultura. E cavou-a bem fundo, ao me fazer tomar conhecimento daquele segredo. Minha própria sepultura... eu sabia que ela já estava virtualmente aberta, à minha espera. Agora só faltava o último ato do Especialista, para que meu cadáver a preenchesse.

A única esperança era mesmo tentar escapar do Especialista. Mas *como* escapar dele? A quem recorrer? Quem poderia me ajudar? A quem eu poderia pedir socorro? Família? Não tinha ninguém. Amigos? Nenhum. Um namorado? Já disse que nenhum existia. Nada! Ninguém! Por isso, quando vi que um dos diretores havia percebido que eu sabia de tudo, na hora eu fugi, nem adiantaria ter corrido atrás dele, cair em prantos, implorar pela vida e jurar de joelhos que jamais revelaria o segredo, que o segredo haveria de morrer comigo, porque... Bem, porque eles aceitariam minha promessa imediatamente e tratariam de "ajudar-me" a cumpri-la naquele mesmo instante... Procurar a polícia? Mas como? Poderosa como era a Organização, na hora em que eu entrasse em uma delegacia, a primeira coisa que a polícia faria seria entregar minha vida de mão beijada para eles. Aquilo tinha até mais poder que o governo! A polícia certamente estava nas mãos da Organização, na certa era comprada e dominada pela Organização. A Organização, que *o* havia contratado para me matar... Ele! O Especialista, o matador que nunca falha, que nunca é descoberto, que nunca deixa para trás uma encomenda. *Ele*.

Aos poucos, eu havia começado a perceber que os negócios da Organização não eram tãããão dentro da lei quanto eu imaginava. Desconfiei, desconfiei, sim. Uma coisa aqui, outra ali, uma conversa entreouvida, correspondências secretas circulando em envelopes lacrados... Mas fiquei quieta, procurei não pensar nisso e continuar com o meu trabalho, sem fazer perguntas. Afinal de contas, onde eu arranjaria outro emprego como aquele? Minha função aparentemente nada tinha de ilegal, eu havia me tornado uma profissional eficaz e fazia meu trabalho de um modo que deixava os diretores muito satisfeitos. É lógico que eu deveria desconfiar que aqueles funcionários abrutalhados, enormes, não eram o que se esperava encontrar numa empresa séria. Deveria também desconfiar daquele meu salário, muito acima da média do mercado. Deveria facilmente concluir que o que algumas planilhas registravam não eram simples operações de importação e exportação dessas que saem nos cadernos de economia dos jornais. No íntimo, é claro que eu tinha de desconfiar, mas afastava as suspeitas, porque aceitá-las poderia significar problemas para mim. Porém, mesmo tentando ser cega e surda, mesmo procurando ser o mais discreta possível, a realidade é que nossos ouvidos não têm pálpebras. E eu ouvia muito mais do que gostaria de ouvir, ficava sabendo muito mais do que gostaria de saber.

Foi assim que tomei conhecimento da existência *dele*. Do Especialista. Aos poucos, aqui e ali, o Especialista sempre era citado como a solução para algum problema que parecia não ter solução. Cheguei a ouvir telefonemas que acabavam assim, ao serem desligados:

— ...acabar com ele!

— O jeito vai ser chamar o...

— Tudo resolvido. Ele aceitou a tarefa, e ele nunca falha!

— Sim, é um especialista!

Ou conversas sussurradas...

— ...sorte podermos contar com esse especialista... ufa, dessa nos livramos... e ninguém vai saber como foi feito... ah, ah, ah... ele nunca falha... nunca falha... nunca falha...

Ele nunca falha! Isso foi uma, duas, três vezes, e eu até que por algum tempo esperei que o tal homem infalível, aquele que era capaz de resolver problemas insolúveis, aparecesse no edifício. Talvez até já tivesse aparecido, poderia ser qualquer um daqueles visitantes silenciosos, que sumiam porta adentro da diretoria para reuniões que ninguém sabia do que tratavam.

Não, eu não conhecia nem a cara nem tinha idéia do nome do meu algoz. Só sabia, só tinha *certeza* de que o Especialista era o carrasco encarregado da minha execução. Como eu sabia? Soube aos poucos, soube sem querer saber, soube pescando aqui e ali uma ou outra conversa, uma ou outra alusão, coincidentemente sempre que havia alguma contrariedade ou algum dissabor a pôr em risco os interesses da Organização. Foi assim que, aos poucos, fui descobrindo em que aquele personagem era "especializado". Em *eliminar* os problemas, era isso! Em fazer com que os problemas deixassem de existir fisicamente! Ah, eu não sou burra, não sou; logo intuí a verdade: aquele homem sem cara e sem nome era o assassino infalível, que eliminava opositores e concorrentes sem deixar vestígios, sem falhar *nunca*!

Ai, e eu, eu que jamais sonharia em opor-me aos interesses da Organização, era agora a próxima tarefa do Especialista! Ele, o Especialista que... Sei que estou me repetindo, como se delirasse, e eu estava quase delirando, sim, mas de medo. Em mim, durante cada uma daquelas últimas horas, só havia espaço para o medo, o medo que viera substituir a esperança que antes me apontava para um futuro cor-de-rosa...

Eu fechava os olhos, tentava não pensar em nada que me pusesse em risco, procurava enxergar dentro de mim o letreiro róseo, piscando em néon, que anunciava o futuro que eu haveria de conquistar, mas não havia como evitar o momento final, o momento fatídico, a cilada do acaso que haveria de me laçar pelo pescoço...

Por que eu *tinha* que ter estado lá, justo naquela hora? Por quê?! Como eu poderia ter adivinhado que aquela hora seria o pior momento para aproximar-me da porta da sala da diretoria? Para parar por um momento, à porta, ao ouvir vozes? Para *estar* lá, para prestar atenção, de ouvidos arregalados como olhos, coração aos pulos, e ficar sabendo *daquele* segredo? Ah, se eu pudesse adivinhar, de modo a evitar aquela cilada do acaso! Ah, se eu tivesse, na ocasião, uma bola de cristal! Ah, se eu agora possuísse uma máquina do tempo para voltar atrás e *nunca ter estado lá*!

Isso foi há apenas dois dias. Foi na segunda, isso, na segunda. Era quase fim do expediente, a porta da diretoria estava entreaberta e ouvi uma conversa telefônica em que um preço era combinado. Depois, murmúrios difíceis de compreender e, por fim, justo a frase principal, a revelação, esta que entrou-me clara pelos ouvidos, cristalina, terminada por um alerta:

— Mas isso é segredo, hein? Ninguém pode saber de nada. O futuro de nossa organização depende do sigilo mais absoluto a esse respeito!

Na hora, a revelação explodiu-me como uma bomba: horror! Mas eu tinha de manter o emprego, tinha de esquecer o que ficara sabendo sem querer. Resolvi que tinha ouvido errado, que me confundira, que tudo não passava de uma negociação normal, nada grave, eu estava imaginando coisas. Imagine se os diretores iriam planejar uma coisa daquelas...

Mas foi ontem que, ai, foi ontem que tudo se confirmou e eu... e eu, sem querer, entreguei-me como uma idiota! Pela manhã, cheguei normalmente para o trabalho, como sempre carregando a mochila com a muda de roupas que eu trocaria para as aulas da noite, na faculdade. À minha espera, na portaria, já estavam os jornais do dia. Recolhi-os, como sempre, e entrei no elevador, para levá-los à sala dos diretores. Junto comigo entrou um deles, cumprimentei-o, ouvi o grunhido de costume como resposta e, distraidamente, meus olhos caíram na manchete de um dos jornais, onde estampava-se, aos berros de tinta preta, a notícia terrível! Foi ainda ontem, os noticiários da televisão não devem ter falado em outra coisa, eu não ouvi, pois na minha fuga, eu... Sem que pudesse me conter, a surpresa explodiu num gemido e meus olhos, na certa arregalados, revelaram ao diretor que eu de tudo sabia. Pela primeira vez na vida ele me encarou, sobrancelhas franzidas, e nada disse. Quando a porta do elevador abriu-se, ele saiu apressado, sem uma palavra.

Meu coração subia pela garganta. Saí do elevador no andar seguinte e imediatamente desabalei escadas abaixo, correndo, corri como nunca havia corrido na vida! Corri sabendo que, àquela hora, o diretor já devia ter dado a ordem sinistra ao seu assistente:

— Ligue para o Especialista. Quero essa moleca morta!

Sim, eu já havia descoberto a razão pela qual a Organização aparentemente não tinha inimigos. Infelizmente eu estava certa: ele, o Especialista, o encarregado de apagar do mundo qualquer obstáculo humano que porventura ousasse afrontar a Organização, tinha agora uma nova tarefa. A partir daquele momento, passava a ser eu, a pequenina eu, que punha a Organização em risco! Eu, a pequenina eu, tinha me tornado o alvo da ação do Especialista! A partir daquele dia, eu, a pequenina eu, passara a representar o maior risco para a existência da Organização. Um risco que tinha de ser apagado, como uma criança apaga com a borracha no caderno uma conta malfeita.

Eu só tinha a fuga como alternativa e achava que a cidade grande poderia me engolir, que eu poderia dissolver-me na multidão e escapar do Especialista, mas... Mas ele devia ter informantes em todas as partes, e só morta eu estaria livre. Ai, como era difícil fugir da figura de um homem que nunca vi, de quem nem sabia a idade, de quem jamais tinha ouvido nem a voz, de quem eu nada sabia, a não ser que... que *ele nunca falhava*!

Mas era mesmo tarde demais para essas considerações. Nada mais havia a planejar. Só me restava continuar a fuga desesperada. Tive sorte ao sair do edifício da Organização, ninguém parecia ter me seguido e eu achava que tinha escapado, pelo menos por enquanto. É claro que eu não voltaria para o pequeno apartamento onde agora morava graças ao bom salário conquistado no emprego do qual agora estava fugindo. Logicamente, aquele seria o primeiro lugar onde algum capanga da Organização me procuraria! Não, para lá eu não voltaria, mas não tinha outro lugar para ir. Vaguei pela cidade, entrei no metrô, desembarquei em diferentes estações, cheguei a entrar em um cinema, lá fiquei por algum tempo, no escuro, saí novamente... Andei sem rumo, sempre olhando em volta, sempre olhando para trás, desconfiando de cada pessoa que passava...

À noite, consegui ser aceita em um albergue de desvalidos e deitei-me junto com mendigas. Eu estava exausta, mas, sobressaltando-me a cada ruído, naturalmente não consegui dormir. Durante toda a noite, olhos abertos, ouvi cada ronco e cada tossida das minhas pobres companheiras. Uma delas chegara bêbada e vomitara na cama. Por horas eu a ouvia gemer e revolver-se em cima dos lençóis vomitados. Senti aquele cheiro por horas, mas em meu cérebro não restava sequer um espaço para revoltar-me com o fedor. Cada pedaço do meu ser estava tomado pelo medo que *ele* representava.

Saí do albergue antes que o dia amanhecesse, antes de ser servido o café tão ansiado pelas minhas miseráveis companheiras de dormitório. Andava olhando para todos os lados, desconfiando de cada homem que me olhava, de cada expressão que não parecesse amigável. Mas, na cidade grande, todas as caras amanhecem mal-encaradas. Qualquer um daqueles homens poderia ser *ele*. Não, eu tinha de encontrar um jeito de desaparecer, de ir para bem longe, de colocar muitos quilômetros entre mim e *ele*.

Subi num ônibus e consegui chegar à estação ferroviária. Comprei a passagem para o destino mais distante que estava sendo oferecido para partida naquela mesma hora. Nunca antes eu tinha viajado de trem, e talvez a estação não estivesse sendo vigiada... talvez... Minha vida dependia desse "talvez". Só o acaso, só mesmo a sorte poderia me salvar. O mesmo acaso, a mesma sorte madrasta que me tinha posto a perder...

Um velho funcionário uniformizado indicou-me o vagão que correspondia à minha passagem e bateu continência, como se fosse um militar.

— Escolha qualquer cabine, mocinha. O trem vai sair bem vazio. Hoje em dia quase ninguém mais viaja de trem.

Embarquei abraçada à mochila. O vagão estava "bem vazio", como o funcionário havia informado, mas não estava totalmente vazio. As cabines, cada uma com assentos para seis pessoas, eram fechadas por portas envidraçadas. Dei uma olhada na primeira. Dois homens lá se acomodavam. Um deles poderia ser *ele*? Ora, isso não seria provável, pois o Especialista deveria estar me perseguindo, atrás de mim, e não à minha frente, antecipando-se aos meus passos. Mas o melhor era não arriscar nada.

Espiei dentro da segunda cabine. Um casal discutia irritadamente, atirando um ao outro frases entre dentes que seriam berradas se não estivessem num local público. Aquela cabine também não servia. Eu tinha meus próprios problemas.

Pela janela do corredor do vagão, meus olhos passaram pela gare da estação e encontraram-se com outro olhar. Um homem alto, magro, estranhamente pálido, vestindo um terno comum, discreto, fixava os olhos em mim. Um olhar frio, impassível, determinado. Ele! Só podia ser *ele*!

Meu coração saltou no peito. Eu tinha o rosto quase totalmente coberto pela mochila e havia comprado num camelô uma touca de lã para esconder os cabelos. Só meus olhos estavam de fora. Será que *ele* tinha me descoberto somente pelo olhar? Teria me reconhecido? Como poderia ser? Ele, na certa, deveria ter recebido uma foto minha, mas... mas seria assim tão fácil identificar-me por uma simples foto arquivada numa ficha do departamento de pessoal da Organização? Haveria outra foto? Talvez sim, talvez as fotos da festa de fim de ano, dos funcionários... E é claro que, se eu nunca o tinha visto pessoalmente, o mesmo valia para ele. E talvez...

Mas já não havia tempo para especulações. Eu não podia perder a vida por causa de algum incerto "talvez". Em pânico, abri a porta de uma cabine qualquer e entrei, jogando-me encolhida no banco junto à janela. Eu arfava, olhos cerrados, tentando dominar o medo.

Não. Eu ainda não tinha sido descoberta. Aos poucos consegui dominar-me e abri os olhos. A cabine estava vazia e as cortinas de ambos os lados estavam baixadas. Pronto. Pelo menos por enquanto eu estava salva.

Mas a solidão que eu havia conseguido naquela cabine durou pouco: a maçaneta começava a ser aberta. Uma coisa tão banal como o girar de uma maçaneta pareceu, para mim, naquele instante, uma eternidade. Lentamente, milímetro a milímetro, ela girava, sem qualquer ruído e sem nenhuma esperança. Pronto, estava tudo acabado. Encolhi-me, tentando fazer com que a mochila se transformasse num escudo que me cobrisse inteirinha, com os olhos fixos na maçaneta de metal dourado, como se ela fosse um punhal sendo desembainhado em câmera lenta por um vilão daqueles filmes antigos em branco-e-preto. Sim, ele tinha me reconhecido simplesmente com aquele rápido olhar na gare da estação, e eu tivera o azar de esconder-me justo numa cabine vazia. Minha morte não teria testemunhas. Um especialista como ele por certo traria uma daquelas pistolas que não fazem barulho nos filmes... como é que se diz, mesmo? Com silenciador, isso, uma pistola com silenciador, é o que eles dizem nos filmes. Assim, para o meu assassino, era só girar a maçaneta. E a maçaneta girava, girava tão lentamente, que um observador, por mais atento que fosse, nem perceberia o movimento. Mas girava, já estava quase perpendicular ao chão e, em um segundo, eu veria de novo o olhar frio e determinado do homem pálido da gare da estação. Ele não perderia tempo. Bastaria esticar o braço, disparar e fechar silenciosamente a porta. Meu cadáver só seria descoberto dali a quilômetros, quando algum funcionário viesse picotar minha passagem. Mas eu já estaria picotada. Apenas uma vez, um picote certeiro, um buraquinho negro, bem no coração, através da mochila, porque *ele* nunca errava um alvo. Não adiantava mais olhar a maçaneta. Eu tinha tentado, não tinha? Mas eu era pequena demais, fraca demais, desprotegida demais. Era o fim, e não havia outro modo senão aceitá-lo. Cerrei os olhos, apertados, à espera do tiro... Estranhamente, pensei no que seria receber um tiro no peito. Seria sentir um pedaço de chumbo derretido a abrir caminho no tecido mole de meu seio, como uma lâmina em brasa calcada sobre um tablete de manteiga? Ou seria um impacto, como um coice, estilhaçando minhas costelas até explodir no coração? Ah, pensei novamente como seria cômodo se houvesse pálpebras também nos ouvidos, primeiro para que eu não tivesse ouvido o segredo, e agora para que eu não tivesse de ouvir minha própria morte!

Mas, ainda que não quisesse, eu ouvia muito bem. E ouvi a porta abrindo-se tão lentamente quanto o girar da maçaneta. Além do ruído suave das dobradiças bem azeitadas, só dava para perceber um farfalhar de roupas e logo a porta se fechava. Sim. Ele tinha escolhido assassinar-me a portas fechadas. Seria mais seguro, sem dúvida. Ele poderia fazer pontaria com mais certeza e depois apalpar-me o pescoço para confirmar o cumprimento da missão. O tiro talvez não fosse no peito. Na certa seria no meio da testa, e talvez eu pudesse até sentir o calor da bala enfiando-se por dentro do meu cérebro, antes de morrer. A morte viria rápida, sem dúvida, e eu não haveria de sofrer. Conformei-me: era melhor assim. Sem pálpebras nos ouvidos, preparei-me para ouvir o disparo da arma, abafado pelo silenciador.

Mas não foi isso que ouvi. O que ouvi foi uma voz feminina, doce, que dizia:

— Bom dia, menina.

Abri os olhos, olhando alto, onde estaria a cabeça do assassino da gare da estação. Mas tive de baixar o olhar: de pé na porta da cabine, carregando uma valise de pano bordado, estava uma senhora miúda e gordota, que teria uma idade entre a de minha mãe e a de minha avó, se eu ainda tivesse alguma delas viva. Trajava um vestido leve, muito claro, quase rosa, com cinto do mesmo tecido, e um casaco de malha também fina. O colo do vestidinho era bordado com florezinhas delicadas, na certa um trabalho dela mesma, feito por aquelas mãozinhas que seguravam uma bolsa de crochê, bordada como a valise e como o colo do vestido. Os cabelos estavam cuidadosamente penteados, mas não eram tingidos, assumindo o grisalho sem qualquer vergonha.

Nem sei como estou descrevendo assim, detalhadamente, aquela simpática senhora, porque minha idéia estava fixa no pavor que me perseguia, na sentença de morte que já tinha sido assinada. Talvez eu esteja contando o que apenas imaginei, talvez descrevendo o que se espera dos figurinos das velhinhas, porque, na verdade, eu não devo ter prestado grande atenção à sua figura. Mas lembro-me muito bem de seus olhos claros, francos, baixando-se docemente para mim e sorrindo-me um "bom-dia". Nunca poderia esquecer aquele olhar, levemente envidraçado por um par de óculos sem aros, tão leves que faziam com que as lentes parecessem flutuar em volta do seu rosto. É, aquela carinha enrugada não tinha amanhecido mal.

— Bom dia.

Bom dia?! Como o meu dia poderia ser bom?

Tudo isso durou apenas um segundo, e minha tensão explodiu num choro convulso, num choro de alívio, um alívio tão grande quanto o do despertar do pior pesadelo da vida, quando se verifica que não há nenhuma razão real para o desespero, e que se está na segurança dos cobertores. Mas, no meu caso, eu deveria pensar que nada tinha mudado, que meu pesadelo só terminaria na morte ou que minha fuga nunca teria fim.

Não foi isso o que aconteceu: a entrada daquela mulher, em vez do assassino de olhos frios, foi como um despertar aliviado, e eu não conseguia parar de chorar.

— Oh, minha filha, o que é isso? Calma, minha menina...

Sentou-se ao meu lado, abraçou-me, e foi como se uma mamãe-pássaro tivesse chegado ao ninho e envolvesse os filhotinhos com as asas. Seus braços eram curtos, mas ela me afagava, acariciava meu rosto, logo tirou um lencinho da bolsa de crochê e passou a enxugar-me as lágrimas com aquele delicado tecido de cambraia perfumada, bordado com pontos cheios, delicados, florezinhas miúdas...

— Ssss... ssss... — sussurrava ela, do jeito que se acalma uma criança que acabou de ralar o joelho. — Vamos, menina, o que foi? Calma... Você está precisando respirar, viu? Um pouco de ar há de lhe fazer bem. Vou abrir a janela e...

A senhora começava a levantar-se e eu segurei-lhe o braço, com força. E se fosse mesmo *ele* o homem que eu havia visto ali, na plataforma da estação? E se fosse mesmo o Especialista, que decidira ficar olhando cada rosto viajante em todos os vagões? Para ele seria fácil embarcar num pulo, logo que o trem se pusesse em movimento e, aí, eu não teria saída.

— Não, não, por favor... Eu preferia... preferia deixar as cortinas fechadas...

A doce senhora suspirou, passou de novo o lencinho pelo meu rosto, ajeitou-me os cabelos suavemente e sorriu.

— Está bem. Como você quiser, minha filha.

Minha filha! Era disso mesmo que eu estava precisando. De uma mãe, de alguém para dentro de quem eu pudesse voltar e dormir, flutuando em segurança.

— Obrigada, é que eu... as janelas...

— Como queira. Vamos deixá-las fechadas, se é assim que você quer. É que, quando viajo de trem, gosto de deixar meus pensamentos correrem com a velocidade, perderem-se, misturarem-se... É tão bonito viajar de trem, vendo a paisagem correr veloz lá fora... Quando a gente está parada, as recordações não se afastam, ficam martelando, martelando, incomodam, não é?

Se era! Meus pensamentos, fixos no pânico como o de um ratinho que não sabe em que canto o gato se esconde, estavam petrificados em meu cérebro.

Soou o apito de partida e o trem pôs-se em movimento. Pronto. Eu não tinha sido reconhecida pelo assassino de olhos frios e agora arranjara uma espécie de mãe, de madrinha, de avó, para aplacar meu medo. Era disso que eu precisava, de um colo, coisa que havia muitos anos ninguém me oferecia. Com o trem fora da estação, ninguém mais poderia descobrir-me dentro dele, e a velhinha gostava de ver a paisagem. Resolvi agradá-la:

— Bem, acho que agora não faz mal se a gente abrir a janela...

— Você acha, minha filha? Ótimo, está mesmo quente hoje, não?

Ela mesma afastou as cortinas e levantou a vidraça da janela. O vento fresco entrou veloz e a senhora voltou a sentar-se ao meu lado. Novamente tomou minhas mãos nas suas e sorriu:

— Sempre gostei de viajar de trem. Para mim, sempre foi mágico o chuc-chuc ritmado a acompanhar o suave balanço dos amortecedores, como se esses gigantes de ferro fossem um berço antigo a embalar seu bebê. Tudo lembra minha infância, tão distante, quando o transporte ferroviário era a regra. Agora não. As rodovias tomaram conta do país e do mundo. Mas eu não sou de automóveis. Viúva, sem filhos nem parentes próximos demais, gosto mesmo é de viajar de trem.

Eu nunca havia viajado num trem de verdade. Até aquele momento, o tal chuc-chuc ritmado deveria mesmo é me trazer de volta a memória de uma distante visita a um parque de diversões, um passeio no trem fantasma, quando aquele barulhinho era a exata reprodução do chacoalhar dos esqueletos pendurados para assustar os pequenos passageiros. Eu havia ficado aterrorizada naquela tarde, mas agora adoraria sentir de novo aquele medinho, que toda criança sabe ser um medo de brincadeira. O meu medo, naquela manhã, não era nenhuma brincadeira.

Mas, ouvindo aquela mulher, aos poucos o ruído das rodas de ferro contra os trilhos começou a transformar-se mesmo no balanço de um berço de bebê.

Com o alívio, acho que sorri.

— Oh, oh! Vejo que estamos bem melhor agora, não estamos?

— S-sim...

A mulher ainda deixava sua mãozinha sobre a minha. No anular, havia duas alianças, grossas, antigas, de ouro.

— É, minha filha, eu sou viúva. As mulheres sempre duram mais que os homens, não é? — informou ela, mal sabendo que, no meu caso, haveria um mulherzinha cuja vida duraria bem menos do que a daquele homem de olhar frio. — O meu falecido... sabe, menina, não há um só dia, uma só noite, em que eu não me lembre dele. Um bom marido. Hoje em dia está difícil encontrar um bom marido, não é? É claro que não falo de mim, imagine, casar-me novamente, na minha idade! O que eu poderia oferecer a um homem? Tudo o que tenho é muito passado, um tiquinho só de presente e nenhum futuro... Bom, mas este é claro que não é o seu caso! Você é muito lindinha e é muito nova. Logo logo há de encontrar um maridinho maravilhoso, não é?

Ela falava sempre pedindo que eu confirmasse cada afirmação sua, mas não esperava pela resposta:

— Não tivemos filhos. Ah, não, que pena, não tivemos filhos. E eu queria ter dado à luz uma filhinha assim tão linda como você. Meu colo ficou vazio. Era só dele, do meu marido, um marido como poucos há neste mundo. Como ele trabalhou para me sustentar! E como trabalhava bem! No que fazia, era perfeito. Nunca houve um homem tão dedicado quanto ele. Depois que ele morreu, tive de assumir os negócios dele, apesar da idade. Mas não pense que eu uso a idade como desculpa. Ah, isso não! Aprendi com minha mãe a ser ordeira e também a jamais deixar uma tarefa pela metade. Ah, meu marido haveria de se orgulhar de mim... Haveria de se orgulhar... Pobre do meu marido... Se estiver certa essa gente que diz que os mortos rondam os vivos que deixaram na Terra, ele há de saber que eu nunca iria envergonhá-lo. Não tenho medo do trabalho, sabe? Disso eu me orgulho e...

A mulher não parava de falar, era uma avalanche de palavras, e eu devo ter baixado os olhos ou, de algum modo, demonstrado a ela que aquela narrativa de seu desempenho no trabalho não tinha cabimento para mim numa hora como aquela. Observadora, a senhora parou a frase no meio e apertou minha mão com sua mão tão pequena:

— Oh, minha filha, desculpe... Eu tenho mania de falar demais. E você aqui, tão preocupada. Desculpe, desculpe mesmo. Você deve ter brigado com o namorado, não é? Isso de choro em rosto de mocinhas como você só pode ser mal de amor...

Balancei a cabeça, desanimada:

— Antes fosse, senhora, antes fosse...

Suas sobrancelhas franziram-se, inquiridoras:

— Oh, então, talvez, alguém doente? Ou, pior... Oh, desculpe, eu não devia...

Eu cortei:

— Falar em morte? Estou assim porque alguém morreu? Quase isso. Sim, foi o medo da morte que me fez chorar. O medo da minha própria morte...

A mulher arregalou os olhos, como se tivesse ouvido uma blasfêmia:

— O que é isso? Você?! Não fale assim! É alguma doença? Mas você parece tão forte, tão saudável, tem a saúde e o vigor da juventude. Não fale essas coisas, porque...

Naquele momento, a porta da cabine abriu-se bruscamente. O susto me fez gritar e agarrar-me à mulher, que me abraçou. Ele me mataria, porque era para isso que ele servia, mas mataria também aquela senhora, que não tinha nada a ver comigo?

Aguardei a entrada do matador de olhos frios, mas era apenas o guarda-trem que me olhava, espantado pelo grito:

— Oh, perdão se assustei as senhoras... Eu só queria...

O que ele queria era somente picotar nossos bilhetes, não nossas vidas. Tirei o meu do bolso da calça, sem olhar o homem, e a minha companheira remexeu na bolsa de crochê:

— Ai, bolsa de mulher! Meu marido sempre dizia que o melhor esconderijo do mundo devia ser bolsa de mulher, porque a gente nunca encontra o que procura...

Afinal encontrou, o homem picotou seu bilhete e mais que depressa saiu, fechando a porta da cabine atrás de si.

Mais uma vez, atrás dos óculos sem aro, aqueles olhos claros fixaram-se bondosamente em mim:

— Pelo que vejo, o seu choro não é de amor. É de medo, não é? Medo de quê, minha filha?

A locomotiva agora levava a composição por cima de uma ponte longa, metálica, muito alta, sobre um rio que corria no fundo do abismo. A velocidade não era grande, e a brisa que entrava pela janela trazia um perfume de mato molhado, como se minhas lágrimas tivessem regado a natureza.

Olhei-a também fixamente nos olhos. Eram dois pedaços de mar calmo, ensolarado, sem tempestades no horizonte. Mares para se velejar com segurança. As lentes dos pequenos óculos, flutuantes, davam a impressão de uma cortina de lágrimas a pairar no ar.

O consolo que aquela mulherzinha havia me trazido era uma porta aberta para que eu por ela entrasse e dentro dela me abrisse. Tive vontade de falar-lhe da minha sentença de morte, de desabafar, botar todo o meu pavor para fora, e aquela doce criatura me oferecia o melhor par de ouvidos de que eu precisava, se estivesse procurando por audiência. Para ela eu poderia abrir meu coração, mas calei-me. Dividir com alguém aquele terrível segredo seria criar mais uma tarefa para o Especialista. Olhei para seu rosto como um náufrago que vê distanciar-se no horizonte o navio que poderia salvá-lo, porque sabe que nele não pode embarcar. Um nó de pânico voltou a entalar-se em minha garganta, calando-me e trazendo a desesperança de volta. Sem poder me controlar, eu tremia como de frio, corpo, mãos, lábios...

Ela me abraçou apertado, envolvendo meu pescoço e aconchegando minha cabeça contra seu peito.

— Coitadinha... coitadinha... Ssss... Ssss... calma...

Eu sentia o cheiro suave do talco que aquela senhora havia usado após o banho, um cheirinho de mãe, de avó, um cheirinho de consolo... Com uma das mãos, acariciava-me os cabelos e percebi que levava a outra mão ao colo, remexendo na bolsa.

Foi nessa hora que compreendi tudo.

Afastei o rosto de seu abraço e encarei-a. Lá estava aquele rostinho bondoso e aquele olhar compreensivo que... e entendi. Por trás da maciez do olhar, percebi o cinismo, a ironia de sua atuação. Um só trejeito leve, no canto da boca levemente maquiada com um batom discreto, revelava a verdadeira identidade, a real intenção da figura que tão oportunamente havia conseguido penetrar dentro da minha guarda. Que atriz!

Sim, aquela mulher ficara viúva e assumira os "negócios" do falecido. O falecido! O homem que trabalhava tão bem... Era perfeito no que fazia, não tinha sido isso que a velhota dissera? Sim, e também que era muito ordeira e nunca deixava um serviço pela metade. É... naquele momento eu compreendi tudo: aquela senhora não deixava nenhuma tarefa por cumprir. Era eficiente. Era uma verdadeira... especialista!

Levantei-me e recuei para a janela. Eu sabia que não adiantava mais lutar. Logo aquela mãozinha delicada sairia da bolsa de crochê armada da pistola com silenciador e mais uma tarefa estaria cumprida na eficiente carreira do Especialista.

Apenas uma lágrima escorreu-me pelo rosto. Grossa, fervendo-me pela face. Não era mais a lágrima do desespero, do pânico. Era a última, era a lágrima da compreensão.

Não! O Especialista não venceria desta vez. Eu não tinha fugido até ali para ser mais uma das presas fáceis da carreira daquela assassina. Meu último ato teria de ser uma escolha *minha*. De costas para a janela, apoiei as mãos na beirada e joguei meu corpo no espaço, carregando meu terrível segredo para o abismo.

A última imagem que levei comigo foi a expressão de espanto da senhora, levando ao rosto, apertado na mão, quase tapando a boca aberta em surpresa, o pequenino lenço de cambraia bordado com florezinhas miúdas, em ponto cheio, que retirara da bolsa...

Eram tão delicadas aquelas flores!

Rosana Rios

Procura-se

Rosana Rios é também conhecida por *nicks* variados, como: *Rose Rivers*, Shelob ou *Laracna*. É suspeita de espionagem e foi acusada de possuir um senso de humor perigosíssimo. Pertence a algumas sociedades secretas misteriosas e vive viajando, supostamente para apresentar palestras e oficinas, mas na verdade recolhendo idéias para seus livros. Consta que já publicou quase 100 obras e que possui uma perigosa coleção de dragões na masmorra de sua casa, além de uma biblioteca imensa. Tem o costume subversivo de emprestar livros aos amigos e viciar jovens desavisados na estranha mania de ler. Cuidado, ela costuma transformar as pessoas que conhece em personagens de ficção!

O ELOGIO DA TORTURA

Rosana Rios

A tortura é uma arte. Poucas pessoas compreendem isso. Ter alguém totalmente à sua mercê, encontrar seu ponto de ruptura, descobrir a quantidade de dor que fará o indivíduo desistir de suas fidelidades, de sua identidade, abdicar do status de ser humano pelo de verme — interessado apenas em continuar vivo, em fazer cessar a dor...

Esse é um momento de entrega que chega ao sublime. Poucas pessoas compreendem a beleza de tal momento, em que torturador e torturado entram numa comunhão sagrada! O momento da dor completa, da rendição total. Eu sempre ansiei por esse momento, todas as vezes em que torturei alguém. Esse foi meu grande segredo, essa foi a arte divina que a mediocridade do mundo me obrigou a esconder.

— Pára! — sussurrou Ada, sentindo uma tremenda vontade de vomitar.

O primo fechou o caderninho, o nojo causado pelo texto era visível em seus olhos.

— Quem sabe eu não traduzi direito. Não conheço algumas palavras, e o alemão é uma língua complexa. Posso ter entendido errado...

A garota voltou para ele os olhos negros.

— Não sou criança, Leon. E você estuda alemão há bastante tempo pra saber o que ele escreveu. Depois, vimos a foto. Não dá pra duvidar.

Leon respirou fundo antes de falar.

— Eu sei. E isso também explica as coisas estranhas que aconteceram. Minha dúvida agora, Ada, é: o que a gente faz? Contamos pra sua mãe, pro tio Othon?

Ela pegou o caderninho e abriu-o de novo. Por mais que lhe repugnasse ler o que estava escrito ali, sabia que tinham de continuar — e até o fim.

— Essa história foi secreta até agora, não tem por que a gente revelar. E os homens que vieram aqui ontem, Leon... Tenho medo deles.

O rapaz fitou a prima. Ada era mais nova que ele, mas era bastante sensata. Concordou. Talvez tudo aquilo devesse continuar oculto.

O segredo que haviam descoberto era perigoso demais...

Pegou o caderno e continuou a decifrar o manuscrito, traduzindo para o português.

•

Dois dias antes, nem Ada nem seu primo desconfiavam do terremoto que iria abalar suas certezas. Tinham ido da capital a Nova Salzburgo do Oeste com Helene, a mãe da garota, e com quem Leon morava desde a morte de seus pais num acidente, havia treze anos.

Não viam o avô havia meses. Quando tio Othon telefonou avisando do falecimento dele, não houve grande pesar na casa. Seu João estivera doente muito tempo, oscilando entre a senilidade e o mau humor. Só não fora parar numa clínica de repouso porque todos sabiam que podiam contar com a velha governanta da casa.

Dona Edwiges tomava conta do sobrado desde que Isa, Helene e Othon eram crianças: haviam perdido a mãe muito cedo. E apesar de o patrão ter passado dos 90 anos, e de sua saúde ter se deteriorado nos últimos tempos, ela sempre recebia os filhos e netos dele com a casa impecável. Othon, o mais velho, era vereador no município vizinho; estava sempre em contato com a governanta, mas nem sempre dava notícias do pai à irmã.

Não que ela fizesse questão. Décadas atrás, Helene saíra de casa contra a vontade de seu João, que achava desnecessário a uma mulher estudar. Decidida a fazer faculdade, ela arrumara um emprego e fora morar numa república na capital. Depois de formada conhecera Levi, o jovem médico com quem se casara. Seu pai nunca aceitou o genro, e foi apenas após o nascimento de Ada que eles voltaram a se ver, por força das conveniências.

A irmã mais velha, Isa, morrera com o marido num acidente de carro; Helene e Levi tornaram-se guardiães legais do único filho dela. Ada e Leon cresceram como irmãos, inseparáveis apesar da diferença de idade: quatro anos.

Levi não fora com eles a Nova Salzburgo do Oeste. Estava ocupado naqueles dias.

— Seu pai nunca foi com a minha cara, não vai ser depois de morto que vou paparicar o velho — dissera à esposa.

— Tem razão. Eu nem sei por que Othon insistiu para eu levar Ada e Leon — ela acrescentou. — Eles não eram ligados a papai... e um funeral é tão tétrico para jovens.

Levi tinha rido.

— Até parece que você não conhece seu irmão. Tudo que ele faz é de caso pensado. Não está metido com a política local, tentando uma candidatura a prefeito? Meu caro cunhado vai aproveitar o enterro para exibir a família e angariar simpatias políticas. Afinal, seu pai foi um homem importante, antes de pirar na batatinha.

Um tanto ofendida, Helene retrucara:

— Meu pai não "pirou na batatinha", Levi. Ele ficou senil, só isso. Tinha 94 anos...

O marido sorrira, indulgente.

— Minha querida, quando estivemos lá, eu examinei o prontuário médico dele. Nenhum sintoma de Alzheimer ou de esclerose. Não havia motivo para as coisas doidas que ele fazia; era caso psiquiátrico.

Cansada demais para discutir, a esposa fora arrumar as malas.

— Que diferença faz isso agora? Papai morreu. Eu vou ao funeral, levo as crianças, e em dois dias tudo estará acabado.

Contudo, enquanto dirigia na estrada que ia da capital à cidadezinha, com as "crianças" — Leon, de 18 anos, e Ada, de 14 —, ela se sentia apreensiva. O coração dizia que seria melhor deixar que Othon enterrasse o pai sozinho.

•

Dona Edwiges os recebeu no fim da tarde com lanche para um batalhão. Abraçou Helene e beijou os jovens com lágrimas nos olhos. Enquanto lanchavam, eles tiveram de ouvir todos os detalhes dos últimos meses de vida de seu João.

— O pobre foi se apagando feito uma vela. Nos últimos tempos não conhecia ninguém e só conversava comigo, se bem que eu não entendia nada, coitado.

— Ele não dizia coisa com coisa? — perguntou Helene, lembrando a ironia do marido.

Dona Edwiges suspirou dramaticamente.

— Ele quase só falava em alemão. Acho que a cabeça dele voltou pra juventude. De resto, era o mesmo homem organizado que a senhora conheceu a vida toda. Lembrava direitinho em que dia recebia a aposentadoria e queria saber quanto eu gastava com as contas. Mas de repente desandava a falar alemão, e às vezes escapulia do enfermeiro pra ir mexer na terra do quintal, feito criança. De cortar o coração...

Ada reprimiu uma risada, imaginando o avô — sempre sério e mal-humorado — cavoucando a terra. A mãe a repreendeu com o olhar, mas a governanta não vira; agora mencionava as mensagens de condolências que haviam chegado.

— Seu João era querido por todo mundo, dona Leninha — ela chamava Helene pelo apelido da infância. — A casa tá cheia desde ontem, é de comover uma pedra.

Leon e Ada se entreolharam. Ao entrarem no sobrado, tinham

cumprimentado rapidamente o tio, Othon, cercado na sala de estar por uma dúzia de estranhos que ela chamou de "zumbis" e ele classificou de "soturnos". Mal-encarados demais para comover qualquer pessoa, mesmo uma boa alma como dona Edwiges.

Ao anoitecer, as visitas foram embora e o tio foi falar com eles.

— Podemos conversar? — pediu ele a Helene. — No escritório de papai. Traga as crianças.

Ada fez uma careta, que a mãe viu mas tio Othon não notou. A menina não gostava do tio, assim como jamais apreciara o avô. Sabia que seu João não quisera o casamento de seus pais e nem o dos pais de seu primo. Ele nunca fora carinhoso com ela, embora com Leon o velho se desmanchasse todo, especialmente após a morte de tia Isa.

Nunca comentara isso com ninguém além do próprio Leon. Na época, ele dissera:

— Deve ser sentimento de culpa, por causa do acidente da minha mãe.

Mas Ada acreditava que o avô preferia ter descendentes homens que mulheres — e Leon era seu único neto, já que tio Othon não tinha filhos.

O escritório era uma sala sombria, com estantes lotadas de livros. Na maioria, obras em alemão; o avô era austríaco, imigrara para o Brasil na década de 1940 e vivera muito tempo entre colonos na zona rural, até se estabelecer trabalhando no comércio. Então pouco mais que uma vila, a cidade crescera e o comércio acabou tornando seu João Leme uma pessoa importante. Casara-se já maduro e os filhos haviam nascido tardiamente. Após a morte da mulher, ele criara as três crianças com a ajuda de dona Edwiges.

Como Isa e Helene foram embora ainda jovens, Othon, o único filho homem, herdou sua popularidade e acabou metido na política local. Agora era vereador numa cidade próxima e, pelo que sabiam, no ano seguinte sairia candidato a prefeito.

Os primos se sentaram, intimidados, no imenso sofá de couro. O tio abriu a gaveta da escrivaninha com uma chave que pescou no bolso.

Foi então que começaram as surpresas...

•

Mulheres suportam a tortura por mais tempo que os homens. Por um lado, elas são fracas e se submetem logo; eles têm o orgulho do sexo forte, difícil de quebrar. Por outro lado, elas demoram mais a implorar por misericórdia. Gostaria de ter tido mais tempo para estudar isso. Infelizmente tivemos de fugir assim que recebemos a ordem, e precisei queimar minhas anotações. Os comandantes avisaram que nossas pesquisas não seriam compreendidas. Ninguém entenderia que o que desejávamos era o progresso da ciência...

Ajudei a fazer experiências com prisioneiros de ambos os sexos, para observar como se comportavam diante da dor, e não há dúvida de que as fêmeas têm uma resistência inesperada. Teorizamos que seu gênero nasce preparado para as dores do parto, e por isso demora mais para se render à dor. Apesar disso, as mulheres são frágeis diante da humilhação. Obtive mais demonstrações de sofrimento ao desnudá-las e raspar seus cabelos do que ao submetê-las a queimaduras e choques. Interessante.

Desta vez, a menina não ficou só na vontade. Levantou-se do banco em que ela e Leon estavam sentados, no fundo do quintal, correu para trás de uma árvore e vomitou o café-da-manhã que dona Edwiges tinha servido.

O primo olhou ao redor, ansioso. Estavam sozinhos no quintal ensolarado do velho sobrado; tio Othon e tia Helene haviam saído para cuidar do funeral, e a governanta estava na cozinha, mas sempre era possível surgir alguém.

Ada pôde passar mal em paz, contudo. Ninguém apareceu,

e ela voltou ao banco com o rosto amarelo feito as páginas do velho caderno que tinham encontrado dentro da caixa de metal. Junto a ele havia uma fotografia quase apagada e alguns recortes de jornal. A foto em preto-e-branco lhes trouxera o primeiro choque. Mostrava um grupo de oficiais sérios em uniformes cinzentos. Mal se podiam distinguir detalhes. Mas sobre a cabeça de um deles alguém desenhara uma estrela com tinta negra. E, no verso da foto, a mesma tinta escrevera numa letra que eles conheciam: *Unteroffizier Johannes Lehm. 1939.*

— Johannes Lehm... — dissera a menina, ao ver aquilo pela primeira vez — é o nome do vovô? João Leme?

— Só pode ser — concordara Leon. — Teve muito imigrante alemão que mudou de nome quando veio para o Brasil. Por causa da guerra e dos preconceitos.

— Mas o vô não era alemão! — protestara a menina. — Mamãe sempre disse que ele era austríaco. E que teve de fugir da Europa com a perseguição nazista...

— Acorda, Ada. *Unteroffizier* quer dizer "sargento". Olha a foto. É o vovô quando jovem, devia ter uns vinte e poucos anos. E os uniformes... isto é uma suástica.

Diante das evidências que haviam encontrado enterradas sob a jabuticabeira, só havia uma conclusão possível.

— Nosso avô foi um soldado nazista — sussurrou a garota.

— Mais que isso — acrescentou Leon. — Ele foi um torturador.

E também ele teve de combater o baque no estômago que a idéia lhe dava.

•

Tio Othon havia nascido para a política. Os primos tinham ouvido o pai de Ada, Levi, dizer isso várias vezes. Agora podiam constatar que era verdade: cada fala do tio era um discurso ensaiado.

Ele mostrara a Helene o conteúdo da gaveta particular do velho:

um talão de cheques escrupulosamente atualizado, uma carteira cheia de dinheiro e um envelope fechado com duas palavras escritas em preto: *Meus netos.*

Othon entregara o envelope a eles e Ada o abrira com as mãos trêmulas. Tinha encontrado uma fotografia do avô sentado no quintal da casa... e uma chavinha de metal.

— O senhor sabe de onde é essa chave, tio? — perguntara Leon.

Ele pareceu preocupado, ao responder:

— Não tenho idéia. Se quiserem deixar comigo, eu procuro.

E estendeu as mãos ávidas; mas Ada já fechara o punho sobre o pequeno objeto.

— Vovô deixou pra mim e pro Leon, ele queria que a gente descobrisse sozinhos.

Helene viu as sobrancelhas do irmão se apertarem. Estava contrariado.

— Provavelmente a chave não abre nada — declarou ela, tentando desanuviar o clima. — Papai andava senil, segundo a dona Edwiges. Deu de só falar em alemão, agia feito criança... Eu não pensaria mais nisso.

Ada recolocou a chave com a foto no envelope e saiu da sala. Leon foi atrás dela.

— Sua filha tem o seu temperamento, Leninha — comentou Othon, com sarcasmo.

— Que sorte — respondeu ela no mesmo tom. E voltou aos assuntos legais: — Temos de começar o inventário. Papai deixou mais alguma coisa por escrito?

Ele retomou a seriedade:

— Nem testamento, nem instruções. E o que dona Edwiges disse é verdade: ele falava sozinho, quando se pegava no quintal ia mexer na terra... deu trabalho. O enfermeiro da noite dizia que ele acordava aos gritos, tremendo. Sofreu muito, coitado.

Helene ficou quieta. Achava difícil ter pena dos sofrimentos do pai. Passara a vida temendo-o, e agora não conseguia sentir piedade.

— Diga às crianças para trocarem de roupa — continuou o irmão. — Temos o jantar com o prefeito em uma hora. Ele faz questão que toda a família vá. E, Helene... faça com que Ada se comporte. Esse jantar é importante para mim.

Othon deixou a sala com seu passo autoritário. Pensando em como ele se parecia com o pai, ela foi procurar a filha e o sobrinho. Sabia que eles detestariam o compromisso com os políticos locais, mas não havia como escapar.

•

Existem várias maneiras de torturar, e nos últimos tempos a ciência trouxe novas técnicas. Porém acredito que as melhores ainda são as torturas antigas. Instrumentos medievais, chicotes e ferros incandescentes são extremamente eficazes para arrancar informações mesmo antes de serem usados: só a visão do que vai acontecer se não falarem é capaz de quebrar vontades férreas.

Mas minha preferência sempre foi pela tortura desvinculada da necessidade de obter confissões. É mais sublime torturar uma pessoa apenas por ser o que ela é do que pelo que ela sabe. Isso permite ir mais fundo, extrair do prisioneiro, uma por uma, todas as suas verdades, suas certezas, suas crenças. Aprendi muito lendo os relatos da Inquisição. Martirizar pagãos e feiticeiros devia ser tão interessante quanto destruir judeus ou comunistas. O trabalho é recompensador quando se tem nas mãos uma pessoa a quem não resta mais nada. Nesse momento, despojada de qualquer ligação com o mundo lá fora, ela vai acreditar em tudo que você disser: é possível reconstruir seu caráter do zero, implantar lembranças, criar uma nova pessoa. A sensação de poder é inefável...

Fora Leon a perceber a conexão entre a fotografia do avô e a chave. Antes de saírem para o tal jantar, Ada havia experimentado todas as fechaduras que encontrara na casa: a chavinha não servia em nenhuma. Então ele lembrou as palavras da governanta.

— Dona Edwiges disse que ele andava cavoucando a terra, não disse? Quem sabe enterrou alguma coisa no quintal.

— Tipo um tesouro? Não parece coisa do vovô, mas enfim... Onde vamos procurar?

— A foto que estava no envelope dá a dica. Olha só.

A fotografia mostrava seu João sentado na cadeira de rodas ao lado da grande jabuticabeira. Ele olhava para o chão, para as raízes da árvore.

Os dois correram para lá. Haviam acabado de se vestir para sair com a mãe e o tio, e já escurecera; uma lâmpada da rua iluminava o quintal. As raízes da jabuticabeira eram um emaranhado entrelaçado. Leon afastou a terra solta com as mãos e encontrou um pedaço de madeira que parecia uma pazinha rústica; aquilo não estava ali por acaso. Começou a cavoucar no chão bem ao lado de onde encontrara a pá.

— Não deve ter nada aí, Leon. Dona Edwiges e os enfermeiros teriam descoberto, se vissem o vô enterrando coisas.

— Eles achavam que ele estava maluco — retrucou o primo, sem parar de cavar. Não demorou muito e a busca deu resultado. Havia uma pequena caixa de metal enterrada junto às raízes da árvore. Ada tomou-a e introduziu a chavinha: era dali mesmo. Aberta, a caixa revelou um caderninho, uma fotografia antiga e alguns recortes de jornal. Nem tiveram tempo de olhar, pois, bem naquele momento, Helene chamou.

— Ada! Leon! Já vamos sair!

Os primos se entreolharam. Não queriam contar a ninguém sobre a descoberta, pelo menos enquanto não examinassem o conteúdo da caixa.

— Melhor guardar na minha mala ou na sua — sugeriu Leon.

— Não sei, não. — A menina estava desconfiada. — Capaz de a dona Edwiges ir fuçar. Vamos levar com a gente, cabe na minha bolsa...

Limparam o melhor que conseguiram a terra dos cantos da caixa, e Ada a pôs na bolsa que levava ao ombro.

Foram para a sala, e, em pouco tempo, todos saíam no carro de tio Othon.

Mal o carro dobrou a esquina, um grupo de homens chegou, e um deles, depois de trocar algumas palavras com dona Edwiges, mandou os outros vasculharem a casa: cômodo por cômodo, armário por armário, gaveta por gaveta, sob o olhar da governanta.

•

Os torturadores que trabalharam no que ficou conhecido como "os porões da ditadura", no Brasil, sempre foram amadores. Eles não tinham a menor idéia do que estavam fazendo, não passavam de gente recalcada que exercitava seu sadismo em jovens desorientados e trabalhadores iludidos. Suas vítimas não eram comunistas convictos, como alguns que aprisionamos na Europa. Além disso, a tortura em paus-de-arara e outros métodos adaptados ao "jeitinho brasileiro" nunca teve a sublimidade que nós alcançamos no Terceiro Reich. Se ao menos eu pudesse ter ficado com minhas anotações... Mas era arriscado. Quando fugimos, a maioria de nós teve de se passar por refugiado. Vários de meus superiores foram apanhados, reconhecidos por antigos prisioneiros; alguns foram julgados em Nuremberg. Outros foram capturados décadas depois. A mim, nunca ninguém reconheceu. Poderia ter ido para a Argentina, mas achei que o Brasil seria um refúgio mais seguro. Não me enganei.

Quando voltaram do jantar, viram a casa toda revirada. Dona Edwiges estava de cara feia e chamou tio Othon ao escritório, onde dois dos homens "soturnos" esperavam.

Helene não quis saber o que estava acontecendo, acompanhou os jovens a seus quartos e se recolheu; estava exausta. Mas os primos não conseguiam dormir.

— Você tá acordada? — Ada ouviu Leon chamar, do lado de fora do quarto.

— Claro — disse ela, abrindo a porta. — Não consigo parar de pensar nessa história. Por que bagunçaram a casa? Mexeram na minha mala, Leon! Quem são aqueles homens?

Leon fez sinal de silêncio.

— Do alto da escada deve dar pra ouvir a conversa deles lá embaixo...

Acertara. O tio estava levando os tais homens à porta. Ouviram-no dizer:

— Vocês têm certeza de que não havia nenhum cofre escondido?

— Absoluta — respondeu um deles. — Se ele deixou alguma pista, não está na casa. Reviramos tudo, apesar das reclamações da velha.

— O envelope com a chave não estava nos quartos dos meus sobrinhos?

— Nem sinal. Devem ter levado com eles.

— Paciência. Vou investigar melhor amanhã à tarde, depois do enterro.

Os homens saíram, e os dois iam voltar para os quartos, achando que o tio iria subir as escadas. Mas, antes, a governanta o interpelou. Sua voz parecia furiosa.

— Seu Othon, isso não se faz. O pobre seu João nem foi enterrado ainda e o senhor manda esses gorilas remexerem a casa inteira! Falta de respeito...

A voz dele soou baixa e ameaçadora, mas os dois primos a ouviram com perfeição:

— Dona Edwiges, até ontem a senhora trabalhava para meu pai. Mas, a partir de hoje, trabalha para mim e, se quiser conservar seu emprego e sua saúde, precisa ficar com a boca fechada. Meu pai não foi o santo que a senhora acredita, e corremos o risco de a cidade inteira descobrir podres no passado dele. Estou tentando preservar sua memória. Era bom a senhora não comentar nada sobre isso com ninguém. *Ninguém*, ouviu?

A mulher não respondeu e, mesmo de longe, Ada percebeu o medo que ela sentia. A um toque de Leon em seu braço, os dois se esgueiraram para o quarto dela. Assim que fecharam a porta, ouviram os passos do tio subindo as escadas e entrando em seu quarto.

— O que isso tudo quer dizer? — indagou a menina, assustada.

Ele apontou para a bolsa em que ela guardara a caixa de metal.

— Que a gente tem de tomar cuidado com aquilo. Não largue a bolsa nunca. E amanhã, depois do café, vamos pro fundo do quintal examinar o que tem aí...

•

Elas gritam toda noite. Às vezes seu choro não passa de uma melodia monótona, um gemido prolongado que penetra meus ouvidos e ferve em meu cérebro, como se as vozes fossem ácido a me corroer lentamente a massa cinzenta. Às vezes são gritos lancinantes, estridências de serra elétrica cortando ferro e soltando faíscas; dão-me a sensação de pregos a penetrar a cabeça, com uma dor latejante que não pára nunca.

Às vezes acordo dando ordens aos guardas para arrancarem a língua das prisioneiras que gemem. Mas eu não as tenho mais sob meu poder... ficaram do outro lado do mar, e não sei o que foi feito delas. Muitas foram para as câmaras de gás, porém havia várias ainda vivas quando parti. O problema é que, vivas ou mortas, seus gritos continuam no ar, ecoando, atravessando o tempo e o espaço e se agarrando aos meus cabelos, à minha pele, às minhas roupas.

Mal consigo dormir. Sei que estou morrendo, e sei que elas estão à minha espera em algum lugar. Fileiras de mulheres espancadas, nuas, estridentes e vingativas. Elas não sabem. Não compreendem que serviram a uma causa maior: era preciso pesquisar, experimentar, descobrir. Meus comandantes foram gênios, artistas que o mundo não compreendeu. Ensinaram-nos a procurar o momento sublime de comunhão com o outro, que só a rendição total, a destruição total de um ser humano proporciona.

Elas não sabem, e continuam gritando.

Aquela era a última página no caderninho de folhas amareladas, em que a caligrafia regular e caprichada do avô traçara confidências. Leon acabou de traduzir e o devolveu à caixa de metal nas mãos de Ada.

— Por quê...? — indagou a menina. — Por que ele deixou este caderno pra gente? Não faz sentido. Se o vovô foi um torturador, se conseguiu fugir e se esconder todo esse tempo, por que contar isso agora, e para nós dois?

O primo sacudiu a cabeça, como quem também não entende.

— Não tenho idéia. Parece que ele queria desabafar, se justificar. E tem os recortes.

Ada tirou da caixa os fragmentos de jornais. Alguns eram quase ilegíveis, pareciam ter sido muito manuseados. A menina leu o título do mais antigo, datado de 1970:

— *Franz Stangl, comandante do campo de extermínio de Treblinka, foi condenado à prisão perpétua. Ele viveu no Brasil por 16 anos, até ser extraditado para a Alemanha.*

Leon pegou outros dois e leu:

— *Carrasco nazista se suicida num sítio no interior de São Paulo. Trata-se de Gustav Franz Wagner, subcomandante do campo de extermínio de Sobibor, na Polônia.* É uma notícia de 1980. A outra diz: *Encontrada ossada de Josef Mengele no litoral brasileiro. Médico nazista, que fazia experiências com cobaias humanas no campo de concentração de Auschwitz, viveu no Brasil por 20 anos.* A data deste é de 1985.

Ada ensaiou uma risadinha para aliviar a tensão.

— Parece que nosso avô não estava sozinho aqui... E esse recorte mais recente?

Leon conferiu o artigo:

— *Não restam dúvidas sobre torturas em Guantánamo. Suspeitos de terrorismo, prisioneiros no centro de detenção militar de Guantánamo, mantido pelos Estados Unidos em Cuba, são torturados para obtenção de informações sobre a Al-Qaeda e o Talibã.* Este é do ano passado. E tem uma anotação no canto, com a letra do vovô.

Ambos observaram a letra inconfundível de seu João.

— *Os americanos são eficientes. Sabem usar a tecnologia. Gostaria de poder conhecer seus métodos... mas é tarde demais para mim.*

A garota ficou pensativa por um tempo. Colocou tudo na caixa e fechou com a chave.

— Por que as pessoas fazem isso, Leon? Por que umas torturam as outras?

O adolescente olhou a prima com tristeza.

— Isso sempre existiu. Desde a Antigüidade os prisioneiros de guerra são torturados pra revelar informações militares. E você deve ter estudado a Idade Média, a Inquisição. Os inquisidores torturavam as pessoas para provar que eram hereges.

A menina fez que sim com a cabeça.

— Eu sei disso tudo. Meu professor de História falou sobre as ditaduras latino-americanas, que eram especialistas em sumir com os presos políticos... Mas essa coisa de torturar não acontece só nas ditaduras. Não tem essa notícia do tal campo de prisioneiros em Cuba? Lá quem manda são os americanos.

Leon fez uma careta sarcástica.

— Ah, nos Estados Unidos se fala muito em democracia e direitos humanos, mas, quando estão em guerra, não lembram mais disso! Os homens sempre encontram desculpas pra torturar um prisioneiro. Na luta pelo poder vale tudo, priminha.

A garota olhou a jabuticabeira, cujas raízes haviam abrigado o segredo do avô. Lembrou dele, autoritário, e no final um velho enlouquecido. Na verdade fora um monstro, alguém que ela gostaria de nem ter conhecido, muito menos ter como pai de sua mãe.

— No caderno, o vovô diz que recebia ordens dos comandantes, e que eles eram cientistas, faziam experiências para o progresso da humanidade.

— Não é uma maravilha? — O primo abriu os braços, num gesto expressivo. — Todo mundo tem uma justificativa. Os americanos são patriotas e só torturam os terroristas pra descobrir os planos deles e proteger seu país. Os nazistas, além de acharem que judeus eram seres inferiores, estavam pensando no bem da ciência! E daí se milhares de pessoas sofreram nas mãos deles e sangraram até morrer?

Ela ouviu passos e, instintivamente, recolocou a caixa de metal na bolsa. Helene se aproximava.

— O que estão fazendo aí? O almoço está servido, e depois vamos para o velório.

— A gente tem mesmo de ir, mãe? — gemeu a garota.

Helene suspirou.

— Sei que é uma chatice, mas vai terminar logo. E é importante vocês se despedirem de seu avô. Ele não foi uma pessoa lá muito agradável... mas era meu pai. Depois do enterro vamos pôr um ponto final nisso tudo.

•

Porém, para Ada, não foi um ponto final. Durante o funeral, tentou sentir carinho pelo avô, ao ver seu corpo frágil no caixão. E não conseguia.

O que ele escrevera no caderninho secreto — fossem confidências de um idoso esclerosado, uma forma de tentar se justificar diante dos netos ou manifestações de loucura — doía como uma tatuagem recente.

Não era possível virar uma página e fechar o caderno como os homens da funerária fecharam o caixão de seu João Leme. As palavras que Leon traduzira revelavam coisas tão perturbadoras e presentes, apesar de acontecidas havia décadas, que permaneciam no ar mesmo após o caixão estar encerrado no fundo da terra.

A garota lembrou de amigas que tinham saudades de avós falecidos. Isso ela nunca teria... seu avô se transformara de um velho mal-humorado em um torturador implacável, assombrado pelos gritos das mulheres que torturara.

Quando o funcionário do cemitério afixou na campa da família a plaquinha com o nome do patriarca, ela não conseguiu se conter. Começou a rir, imaginando o rosto dos presentes — velhinhas compungidas, políticos sérios, senhoras da sociedade, vizinhos, ex-funcionários — se na placa o nome fosse outro, fosse o do *Unteroffizier Johanes Lehm*... Se em vez da cruz de bronze, ali houvesse uma suástica.

Só conseguiu parar de rir quando o primo e a mãe a levaram para trás das árvores nos jardins do cemitério. Helene estava alarmada.

— Ada, pare! Você está tendo um acesso de histeria. Fique calma!

Leon pegou uma garrafinha de água mineral que levara no bolso e deu a ela. A menina pegou a garrafa, com as mãos tremendo, e tomou um gole.

Tio Othon apareceu, furioso

— O que é isso? Você não consegue controlar sua filha, Leninha? — Helene gaguejou uma desculpa, Leon se pôs diante dela, mas a garota encarou o tio nos olhos. E percebeu o medo.

"Ele sabe", pensou. "Ele sempre soube, foi por isso que mandou aqueles homens vasculharem a casa. Quer encontrar qualquer vestígio do passado do vovô, antes que alguém descubra e isso prejudique a sua candidatura..."

— Já melhorei, tio — disse, pela primeira vez na vida sem medo dele. — *Não se torture por causa disso.*

No olhar do tio, um brilho de reconhecimento. E ele também soube que ela sabia.

•

Naquela noite, o clima estava terrível durante o jantar. Dona Edwiges fora se deitar, queixando-se de enxaqueca. Helene serviu a filha e o sobrinho, oprimida pelas sombras nos cantos da velha casa.

Como o funeral só havia terminado ao anoitecer, fora decidido que dormiriam ainda aquela noite na cidade e voltariam para a capital na manhã seguinte.

Estavam na sobremesa quando Othon chegou.

— Pensei que não viesse jantar — disse Helene ao irmão. — Quer que prepare um prato para você? Temos...

Ríspido, ele a interrompeu.

— Não vim para jantar e, se vocês já terminaram, quero falar com a Ada.

A garota engoliu sua última porção de doce e respondeu:

— Não tenho nada pra falar com você, tio.

— Quer dizer à sua filha para me obedecer? — ele ordenou à irmã.

Leon se levantou da mesa e se colocou entre ele e a garota.

— Se o senhor quer dizer alguma coisa para a Ada, tio Othon, pode falar agora.

Os dois se olharam, um desafiando o outro. A mãe da menina desabafou:

— Alguém pode me contar o que é que está acontecendo? Desde que chegamos, eu me sinto no meio de um filme de espionagem. Segredos no ar, homens mal-encarados vasculhando a casa, e desde ontem a dona Edwiges começa a tremer quando chega perto de você! Não sei o que há, Othon, mas você não vai intimidar a minha filha! Explique-se.

Ele recuou diante da veemência da irmã.

— Eu... estou nervoso com a morte de papai. Dona Edwiges também. Só queria saber se a Ada encontrou a fechadura para aquela chave.

— Nesta casa não existe nenhuma fechadura em que a chave entre — respondeu Ada, inocente. — Por quê, tio? O que o senhor tem medo que a gente ache?

Leon reconheceu a esperteza da prima. Não mentira, mas também não contara toda a verdade. Provocou mais um pouco:

— É verdade, a gente experimentou a chave em tudo que foi lugar, e nada. E, se o vovô quisesse que outra pessoa ficasse com a chave, não colocaria num envelope endereçado à nós dois. Ele tinha algum motivo pra não confiar no senhor, tio?

Othon não estava gostando do rumo que a conversa estava tomando. Desconversou:

— Nos últimos tempos, seu avô não confiava em ninguém. Era parte da doença dele. Dona Edwiges não contou que ele fazia coisas malucas? Acordava aos gritos, falava alemão, fugia para o quintal e ia mexer na terra...

Um rápido olhar trocado entre os primos o alertou. Repetiu o que acabara de dizer.

— Ia mexer na terra... É isso, não é? Vocês encontraram alguma coisa. Não na casa, mas lá fora. Na terra... aquele velho doido! — enfureceu-se subitamente.

Helene agora estava fitando a filha e o sobrinho, intrigada.

— Se vocês acharam alguma coisa que seu avô deixou, por que não me contaram?

— Eu também preferia que sua mãe não soubesse de nada — murmurou o irmão, num suspiro. — Mas agora vejo que isso é impossível. Vocês não sabem tudo que está em jogo, nem o perigo que correm. Temos de conversar, mas não aqui. Vamos à sorveteria da praça.

Leon e Ada assentiram. A menina pegou a bolsa, pendurada numa cadeira ali perto, com um gesto protetor que Othon não deixou de notar. Helene, assustada, saiu atrás deles.

Andaram em silêncio até a pracinha da cidade, a alguns quarteirões. Lá, as luzes da sorveteria quase deserta piscavam, convidando-os a entrar.

O tio arrancou o paletó, afrouxou a gravata e foi se sentar numa mesa recuada dos fundos, onde esperou que a irmã e os sobrinhos se instalassem.

Estava contrariado, mas sabia mudar de estratégia, se necessário.

•

Helene olhava, hipnotizada, a taça de sorvete de morango à sua frente. Ada e Leon já haviam terminado, e ela apenas fitava o creme derretendo... Não conseguia acreditar no que Othon dissera nem na descrição da filha do que havia encontrado na caixa.

Finalmente fitou o irmão e indagou, magoada:

— Você soube disso a vida toda, como nunca me contou?!

Ele baixou os olhos para sua taça de sorvete, também intocada.

— Você e Isa sempre foram muito sensíveis. Eu fiquei quieto por décadas... Só nos últimos anos papai soube que eu descobri suas ligações com o nazismo, mas estava senil demais para se importar. E temos outro problema, bem mais grave.

Leon cravou nele os olhos arregalados.

— Tem a ver com aqueles homens que estiveram na casa, não tem? Quem são eles?

O tio ficou em silêncio por alguns segundos, antes de responder:

— Vocês não precisam saber todos os detalhes. Basta que saibam que o nazismo não é algo que aconteceu no século passado e acabou. Existem pessoas... organizações... que ainda acreditam em seus valores e vivem de acordo com eles.

Helene o cortou, ríspida:

— Não somos alienados, Othon. Todo mundo sabe que há grupos neonazistas pelo mundo afora. Mas você não vai me dizer que papai estava ligado a eles!

— Nós não somos as únicas pessoas no mundo a saber que seu João Leme na verdade se chamava Johannes Lehm... Ele passou décadas no Brasil, teve contato com outros fugitivos, com pessoas que os protegeram. Essa gente é poderosa, Helene, mais do que você pode imaginar. E eles precisam encobrir a verdadeira identidade de nosso pai! Por isso exigiram que eu liberasse a casa para procurarem indícios. Qualquer coisa que pudesse cair na imprensa, denunciando papai como um criminoso da Segunda Guerra. Não encontraram nada... mas havia a chave que ele deixou aos netos.

— Você contou a eles sobre isso?

— Eu precisava recuperar a chave e tentar encontrar a fechadura em questão. Só não imaginamos que o... objeto... estivesse enterrado no quintal.

— E agora, o que vamos fazer com esse segredo? — sussurrou a irmã.

— Ele não deve se espalhar mais. Entreguem-me a caixa. Eu digo que vocês me deram a chave e descobri os papéis enterrados. Queimo tudo, e o assunto morre.

— Por que temos de fazer isso? — Leon o desafiou. — Por que não podemos contar a história à imprensa? Existem organizações que caçam ex-criminosos nazistas pelo mundo. Se a gente abafar isso, também somos culpados!

— É como se a gente concordasse com tudo que o vovô fez! — completou Ada.

Helene falou, com uma expressão de asco:

— Não tem ato mais covarde que a tortura. E ela vai continuar existindo enquanto as pessoas forem omissas. Você está pedindo para nos omitirmos! Eu não consigo viver com isso na minha consciência, Othon. Agora entendo o que dona Edwiges contou... papai acordando aos gritos, enlouquecido. Era a consciência dele vindo à tona!

— No caderno ele diz que escutava os gritos das vítimas que torturou — disse Leon. O tio sorriu tristemente.

— Vocês ainda não compreenderam, não é? Eu também já pensei assim. Quando entrei para a política, era idealista, achava que ia mudar o mundo. Não sabem quantas vezes estive a ponto de ir a público. Mas há treze anos tive de mudar de idéia.

Leon empalideceu.

— Isso foi quando... meus pais...

Helene prendeu a respiração, chocada.

— O acidente em que a Isa e o marido morreram! Othon, você não quer dizer que...

— Sempre desconfiei que, naquela época, Isa tinha descoberto a verdade. Sei que ela teve uma discussão furiosa com nosso pai. Pouco depois, aconteceu o acidente. Até hoje a polícia técnica não soube explicar o que houve. Na minha cabeça, foram *eles*; desconfiaram que ela poderia expor a situação e... deram um jeito.

Ada abraçou o primo. Imaginava como ele deveria estar se sentindo.

Helene respirou fundo, tentando não se deixar dominar pela emoção.

— Você podia ter ido à polícia. Podia ter feito uma denúncia.

Othon enxugou uma lágrima que, ao menos desta vez, não era fingida.

— Com que provas? Essa gente não está para brincadeiras, Leninha. E tem mais. Vocês não vão gostar, mas a essa altura não tem sentido ocultar nada. Depois disso, minha carreira política deslanchou. Recebi doações... dinheiro cuja origem não dá para rastrear.

Ela encarou o irmão com tanta repugnância que ele estremeceu de vergonha.

— Você ainda tem a desfaçatez de confessar. Eles o protegeram. Seu sucesso na política veio do apoio de grupos neonazistas! E ainda quer que nós fiquemos calados.

Othon baixou os olhos e falou baixo, mas com veemência:

— Eu estou protegendo vocês, Helene. Sim, eles me compraram. E eu permiti, quando vi o que aconteceu com a Isa e o marido. Não queria mais ameaças à minha família! Nunca se perguntaram por que não me casei, nem tive filhos? Porque eu sei que estou nas mãos deles. Preferi a solidão a viver com medo de que magoassem mais alguém... Eles vão me manipular pelo resto da vida, mas não terão poder para machucar vocês. Não temos escolha! Precisam me deixar destruir os papéis e fingir que não sabem de nada. Não por mim, nem por nosso pai, mas para segurança de vocês e do Levi.

Na sorveteria vazia, o silêncio ficou mais profundo. As luzes continuaram piscando, e seus reflexos brilharam nas lágrimas que Helene e Ada não tentaram esconder.

Leon não chorou, mas seu olhar assumiu um tom sombrio que não o deixaria mais.

Othon havia vencido.

•

Dona Edwiges abraçou a filha do patrão, enquanto Leon ajeitava as malas no carro. Não viam Othon desde a noite anterior; ele tomara a caixa de metal e sumira na noite.

Assim que fechou o porta-malas, o rapaz foi procurar Ada. Sabia onde encontrá-la.

A menina estava no quintal, sentada sob a jabuticabeira. Ele se aproximou e sentou-se ao lado dela. Os olhos de ambos resvalaram para a terra de onde haviam tirado a caixa.

— Está na hora de irmos — disse ele, baixinho.

Ela fez que sim com a cabeça. Levantou-se.

— Uma cidade tranqüila, uma casa gostosa, um quintal tão bonito... e um segredo que a gente vai ter de guardar pra sempre.

O rapaz levantou-se também, mas não sorria quando respondeu:

— Por enquanto, pode ser. Mas não pra sempre, Ada. Um dia, vamos revelar tudo.

— Como, Leon? Tudo bem, eu não vou conseguir esquecer o que o vô escreveu no caderno. Bem que eu queria... esta noite sonhei com ele, aqui, dizendo: *Esse foi meu grande segredo, essa foi a arte divina que a mediocridade do mundo me obrigou a esconder...* Mas lembranças não provam nada. A essa altura, o tio já queimou tudo.

— Bom, prima, pelo menos uma prova eu guardei. Lembra quando chegamos do enterro, e você e sua mãe foram tomar banho antes do jantar? Eu fiquei tomando conta da sua bolsa... e aproveitei para fazer isto.

Ele pegou o celular no bolso, ligou e mostrou o visor a ela.

A menina viu a fotografia do grupo de oficiais nazistas.

— Ocupei toda a memória pra conseguir uma imagem com alta definição. Em casa, vou descarregar no computador. Você fica com uma cópia. Não sei o que vai acontecer com a gente no futuro, mas uma coisa eu sei, e eu juro: não vou compactuar com o passado do nosso avô nem com a covardia do nosso tio. Meu pai e minha mãe morreram por isso, e posso muito bem me arriscar pra expor essa gente e as coisas em que eles acreditam. Não vai ser hoje, nem amanhã. Mas, um dia, não vamos mais ter de guardar esse segredo.

Profunda alegria tomou conta de Ada. Ela saltou no pescoço do primo e abraçou-o.

— Está na hora! — ouviram a voz da mãe, lá da rua, chamando.

Seguiram e despediram-se de dona Edwiges. Helene já estava dando a partida no carro quando viram tio Othon chegar. Parecia não ter dormido, tinha olheiras profundas.

— Boa viagem — disse ele. Baixinho, acrescentou: — Está feito. Podem ir sossegados.

A mãe de Ada pareceu aliviada de um grande peso. O carro deixou a rua e a avenida, logo saía na estrada estadual. Leon, no banco da frente, ligou o rádio numa estação de música suave. Teria preferido rock, mas sabia que a tia gostaria de algo mais leve.

Nenhum deles retornaria a Nova Salzburgo do Oeste; nenhum deles veria de novo o túmulo de seu João Leme. Naquele momento não sabiam disso, embora no coração de Ada houvesse essa desconfiança. Junto dela, uma certeza, uma só: a promessa do primo seria cumprida e, quando o momento chegasse, ela estaria ao lado dele.

Olhou para a paisagem que passava pela janela do carro da mãe e ouviu o gemer do vento, que a fez pensar em gemidos humanos... *vivas ou mortas, seus gritos continuam no ar, soando, ecoando, atravessando o tempo e o espaço.*

Enxugou os olhos, visualizando as vítimas da Inquisição, as filas de prisioneiros dos carrascos nazistas, os presos políticos de Guantánamo. Aqueles gemidos eram reais e não cessariam nunca, enquanto houvesse torturadores no mundo.

— O que foi, Ada? — Helene, preocupada, olhou-a pelo espelho do carro.

— Nada, mãe. Leon, vê se troca de estação. Essa música tá me dando sono...

Com um sorriso, o primo mexeu nos botões do rádio até encontrar o rock mais barulhento que pôde; e os três seguiram em meio às guitarras estridentes, que, ao menos naquele momento, abafavam o eco dos gemidos das mulheres torturadas.

Rogério

Procura-se

ROGÉRIO ANDRADE BARBOSA: perigoso escritor-mochileiro, meio-careca, com cabelos espetados pros lados, ondulando aos ventos dos sete mares.

Idealista, sonhador e romântico. Sua cabeça é como uma caixa cheia de segredos borbulhantes. Costuma ser visto em saguões de aeroportos em todos lugares possíveis e inimagináveis, zanzando por uma das ruas do bairro da Glória, caminhando na Praia do Flamengo, torrando-se ao sol no Posto Nove de Ipanema, nas sessões de cinema no Estação Botafogo, verificando as novidades nas livrarias e se esbaldando atrás dos blocos de rua tradicionais durante o Carnaval. Indivíduo perigoso. Esconde-se numa toca secreta enquanto cria suas histórias mirabolantes. Quem o capturar será devidamente recompensado.

Em 24 horas

Rogério Andrade Barbosa

12h30

Quando abri a porta do apartamento onde eu morava, no bairro do Catete, a mãe estava acabando de preparar o almoço.

— Oi — falei, dando-lhe um beijo.

— Oi. Chegou a encomenda que você estava esperando — avisou ela, apontando para um envelope pardo em cima da mesa da sala, misturado à correspondência.

— Legal! — exclamei, jogando a mochila no sofá. — Deve ser o livro sobre alpinismo.

— Vá tomar um banho. Tá todo suado — reclamou mamãe.

— Abra o envelope pra mim — pedi, enquanto corria para o banheiro.

Tomei uma ducha gelada pra espantar o calor. O verão prometia ser de rachar. Coloquei as roupas que usava sempre que voltava da escola — bermuda e camiseta — enquanto olhava para o pôster na parede do meu quarto. Na fotografia, eu e o pai, trajando roupas de alpinistas, posávamos juntos pela última vez.

A fotografia tinha sido tirada há dois anos, pouco tempo antes de ele falecer em um acidente. Não me conformava com sua morte tão estúpida. Papai tinha sido o grande responsável por meu amor ao alpinismo. Aos 14 anos, eu ainda tinha muito o que aprender em matéria de escaladas, e nada nesse mundo me faria desistir desse sonho.

— Renato Augusto! — chamou minha mãe.

— Já vou — respondi.

Assim que entrei na sala, fui logo levando um bruta esporro.

— O que é isso? — questionou ela, sacudindo um DVD

no meu nariz. — Desde quando você gasta a mesada dada por sua avó pra comprar filmes na internet?

— Mas eu só compro livros. O porteiro deve ter se enganado — aleguei.

— Foi o que Zé entregou pra mim — rebateu ela. — Pensa que é todo mundo neste prédio que recebe encomenda desse site americano especializado em vendas de livros e DVDs?

— Cadê o envelope? — perguntei. — Você verificou se era pra mim mesmo? As encomendas via sedex são parecidas. Uma vez quase abri um pacote da senhora do terceiro andar.

— Piquei em tiras bem fininhas e coloquei na lixeira do prédio. Pensei que você já tinha conferido. Sem meus óculos de leitura, não consigo ler nada — falou na maior calma. — E você sabe, Guto, que não é bom jogar nosso endereço completo fora. Já pensou se algum vigarista copia nossos dados?

A resposta não me surpreendeu. Mamãe era maníaca por limpeza e arrumação. Dessas que não deixam um copo ou talher sujo em cima da pia.

— Só não entendi por que você comprou um filme sobre vida animal. Na televisão tem vários programas semelhantes — disse ela, mostrando o selo estampado no meio do DVD, com a fotografia de um urso polar.

Antes que eu tivesse tempo de argumentar, ela emendou:

— Amanhã você me explica tudo direitinho. Hoje tenho plantão no hospital e só vou chegar em casa de madrugada. A comida está no forno. É só esquentar — despediu-se, apressada, pegando a bolsa onde guardava o uniforme de enfermeira.

14h

Depois do almoço, relaxei e deitei no sofá, preparando-me para assistir ao filme. Achado não é roubado, disse pra mim mesmo.

Só havia duas hipóteses, pensei, enquanto ligava a TV. O porteiro da manhã era novo e devia ter trocado os pacotes de lugar na hora de arrumar a correspondência nos escaninhos. Os funcionários do prédio vinham de uma mesma cidade do Nordeste. Quando um deles era despedido ou retornava pra terrinha, os colegas mandavam buscar um parente ou conhecido para ocupar a vaga do conterrâneo.

A outra possibilidade era que o pessoal da empresa americana tivesse confundido o pedido. O que era difícil. De vez em quando eu comprava livros nesse site com o cartão que havia ganho de presente de aniversário da minha avó, e nunca tinha acontecido nada desse tipo.

Com o envelope jogado fora, não dava pra tentar identificar o nome e o endereço do morador que havia adquirido o produto. E como é que eu ia explicar ao dono o pacote aberto?

Logo que as primeiras imagens apareceram na tela, um narrador começou a falar numa língua que, a princípio, pensei ser alemão. E pior, o filme não era legendado nem dublado.

Nisso, duas lourinhas, de uns doze anos, surgiram correndo rumo a uma praia solitária, rodeada de rochedos, daquelas bem feiosas e sem graça, típicas da Europa.

Alguma coisa estava errada. Primeiro as meninas rolaram na areia escura, sorridentes, exibindo as calcinhas em gestos sensuais. Depois tiraram as roupas e deitaram-se completamente nuas, pra tomar banho de sol.

A câmera, nessa hora, focalizou-as bem de perto, percorrendo os corpos de cima a baixo, lentamente. Eram tão novas que nem tinham seios.

De repente, dois rapazes surgiram detrás de uma moita e agarraram as garotinhas em plena luz do dia!

Elas, apesar das carinhas de anjo, não eram tão inocentes como eu supunha. Logo entraram prazerosamente no clima erótico da filmagem, participando com desenvoltura das cenas, deixando-me boquiaberto.

Perto delas, eu, que era virgem, não passava de um bobalhão em matéria de sexo.

Sabia que rolavam filmes pornográficos com menores de idade na internet. Saber é uma coisa. Ver, na íntegra, é outra.

O segundo filme foi mais chocante ainda. Meu vizinho de porta, um estrangeiro carrancudo conhecido como gringo, transava em uma cama com a própria filha! Uma garota da minha idade, em todas as posições possíveis e algumas inimagináveis.

Na última parte, a adolescente era possuída ao mesmo tempo por dois homens musculosos, cobertos de tatuagens...

Não agüentei ver o final. Desliguei o aparelho e tirei o DVD, chocado com as cenas.

Resolvi escondê-lo até decidir o que iria fazer. Guardei-o no interior de um dos volumes encapados das Obras Completas de Machado de Assis. Os livros eram o orgulho da minibiblioteca deixada por meu pai. As prateleiras, imensas, ocupavam uma parede inteira da sala.

— É aqui que guardo os meus segredos — ensinou-me certa vez, mostrando um volume que tinha poucas páginas e era oco. — Engana qualquer ladrão, não é?

14h45

O pedófilo tinha se mudado para o prédio havia uns três meses. A filha, tímida e de ar assustado, pelas feições parecia ser asiática. A síndica, que sabia da vida de todo mundo no prédio, fofoqueira como ela só, contara pra minha mãe que a menina era adotada.

Ninguém gostava do sujeito. Reclamava pra todo mundo ouvir, em altos brados, que o Catete era um bairro imundo, infestado de mendigos e barraquinhas de camelôs.

— O intestino do mundo! — bradava.

Uma vez brigou com o porteiro-chefe, um homem amável, xingando-o com palavrões e chamando-o de paraíba sem-vergonha.

Só parou com as ofensas quando uma moradora ameaçou processá-lo por racismo.

— Por que ele não se muda para Ipanema? — perguntou mamãe ao saber dos comentários. — O Catete já foi um bairro nobre. O Palácio do Catete, atual Museu da República, é um dos lugares mais bonitos e visitados da cidade. Foi a residência oficial dos presidentes brasileiros desde Deodoro da Fonseca até Juscelino, que transferiu a sede do governo para Brasília.

Era verdade. Eu já tinha percorrido os salões atapetados e visto o quarto onde Getúlio Vargas havia se suicidado.

O gringo era um ser desprezível. Estrangeiros como ele costumavam buscar crianças em países pobres para adotá-las. Só que muitas delas eram usadas na exploração sexual, pensei, lembrando de uma matéria que lera num jornal.

Eu, às vezes, cruzava com a garota subindo com umas colegas de escola, tão jovens quanto ela. Ela abaixava os olhos e passava direto por mim, sem ao menos dar um oi. De vez em quando era acompanhada por uma senhora, parecida com ela, que dizia ser sua tia.

Pensei em jogar o DVD na lixeira. Mas isso não era correto As menininhas do filme trouxeram-me recordações amargas. Uma delas parecia demais com a minha irmã, que morrera no desastre de carro ao lado de nosso pai quando tinha apenas 11 anos. Como é que alguém podia pagar pra ver uma coisa daquela!? Só mesmo um tarado sexual.

Cogitei em entregar o DVD, junto com uma carta anônima, na delegacia do bairro. Mas quem é que confia na polícia do Rio? O melhor seria procurar uma dessas entidades que combatem a pornografia infantil na rede mundial.

15h

Não foi difícil encontrar o site de um grupo de hackers voluntários, que eu tinha recortado de uma revista. O trabalho do grupo, formado por feras em informática, semelhante a tantos outros na Europa e na América, consiste em rastrear a internet em busca de chats utilizados por pedófilos virtuais. Eles, então, invadem o computador do usuário em busca de fotos comprometedoras com crianças nuas, para tirá-los do ar e denunciá-los às autoridades policiais.

Informavam, também, que o número de sites com pornografia infantil na rede internacional cresceu oitenta por cento em apenas um ano. E que o Brasil ocupa o quarto lugar na estatística de países que hospedam sites de pornografia infantil, perdendo apenas para a Rússia, a Coréia do Sul e os Estados Unidos.

Havia um e-mail para denúncias de suspeitos. Na mesma hora, sem pensar ou consultar minha mãe, enviei uma mensagem:

Amigos,

Recebi, por engano, um DVD no qual um morador de meu prédio aparece transando com menores. Aguardo orientações de como agir ou a quem procurar nesses casos. Obrigado.

Depois me arrependi. Iam achar que era trote. Ou então, obviamente, tentariam confirmar meus dados.

Não deu outra coisa. Em pouco tempo recebi uma resposta dizendo que era uma acusação muito vaga, solicitando meu endereço, telefone etc.

Não respondi.

15h40

Revi o DVD até um pedaço onde dava pra anotar o que estava escrito numa placa perto de uma estrada asfaltada: Schiphol Airport.

Digitei o nome na internet e descobri que era o nome do aeroporto de Amsterdã, uma das principais cidades da Holanda. Um país lindo. Terra dos moinhos e das tulipas. Amsterdã era famosa, entre outras bizarrices, pelo Bairro Vermelho, onde as prostitutas ficam sentadas em janelas envidraçadas de frente para a rua. Era também conhecida pelo número de *sex shops* e *peep shows*, além dos cafés onde se podem consumir livremente determinados tipos de drogas.

O mercado do sexo, conforme aprendi no site de buscas do Google, é uma das maiores atrações turísticas de Amsterdã.

Tive que olhar no dicionário pra descobrir o significado de *peep shows*. Era um tipo de loja com cabines individuais para assistir a filmes pornográficos.

Guardei o DVD de novo no mesmo esconderijo. Em seguida, liguei pra síndica e disse que estava fazendo uma pesquisa na escola pra saber quantos estrangeiros moravam no prédio.

— São quatro — disse ela. — O casal de espanhóis idosos do terceiro andar, o jornaleiro italiano da cobertura e o seu vizinho, natural da Alemanha.

— Tem certeza que ele é alemão? — insisti.

— Tenho. Por quê?

— Nada, nada...

Nem deu pra agradecer. A campainha da porta tocou, me dando um susto danado.

16h25

Primeiro, seguindo os conselhos da minha mãe, dei uma conferida pelo olho-mágico, pra ver quem estava tocando. Era o gringo! E agora? Abria ou não a porta? Acabei abrindo.

Devo ter ficado branco como cera na hora em que me deparei com a criatura asquerosa. Um tipo alto, forte, com barba e cabelos ruivos.

— Isto é seu? — perguntou ele, com uma voz enfezada, estendendo um envelope pardo.

— Sim, sim — balbuciei, não podendo negar meu nome e o endereço impresso na encomenda postal.

— E o meu pacote? — exigiu o abusador de crianças, num português enrolado.

— Não sei. Pergunte ao porteiro — respondi, tentando dar uma de bobo.

— Já perguntei. O idiota disse que entregou, sem querer, pra sua mãe. Ela está aí?

— Não. Foi pro trabalho e só volta tarde da noite.

— Dá pra você pegar pra mim?

— Ela deixa o quarto trancado pra eu não mexer em nada — menti.

Fui salvo por um casal de velhinhos que morava no final do corredor. Assim que os vi chamando o elevador, inventei uma desculpa.

— Estou atrasado — falei, batendo a porta com a chave por dentro, celular e tudo mais, antes de sair voando atrás dos meus vizinhos.

16h30

Desci totalmente desnorteado, com o coração a mil. Tinha de avisar alguém? Quem? Minha mãe, a princípio, estava fora de cogitação. Ia fazer o maior escândalo e não iria acreditar em mim. Também não adiantava falar com a polícia ou qualquer autoridade, já que eu havia deixado a prova do crime para trás. E, mesmo que quisesse pegar o DVD, não tinha a chave da minha casa.

Zanzei pelos jardins do Palácio do Catete, como se fosse um zumbi. Um grupo da terceira idade praticava tai chi chuan, e babás uniformizadas pajeavam crianças pirracentas, enquanto atletas amadores começavam a regressar da caminhada pela orla da Praia do Flamengo.

Mudei de idéia e liguei de um orelhão, a cobrar, pro celular da minha mãe.

— O que foi, Guto? Você nunca liga pro meu trabalho. Aconteceu alguma coisa? — espantou-se, assim que atendeu a chamada.

— Bati a porta com a chave e o meu celular dentro.

— O quê? — gritou, quase me estourando os tímpanos.

— Preste atenção. Se aquele gringo do 903 te ligar ou te procurar, não atende.

— Já sei o motivo de sua afobação — deduziu. — O pacote que eu abri era dele!

— Sim. Depois te conto por que você não deve falar com ele.

— Nem pensar. Agora exijo uma explicação.

Pensei em desligar mas resolvi falar a verdade.

— No DVD, o alemão aparece transando com a filha — revelei de supetão.

— Hein!!! Tá falando sério, Renato Augusto?

— Tô. Juro.

A mãe fez uma pausa antes de responder, como se estivesse raciocinando. Detestava quando ela me chamava pelo meu nome completo. Sinal de que estava zangada.

— Acho melhor você vir para cá o quanto antes, Renato Augusto — ordenou.

— Estou duro.

— Pegue um táxi. Eu pago.

Nisso vi a menina de feições asiáticas, que estudava numa escola municipal, passando perto do orelhão de onde eu estava telefonando.

— Daqui a pouco chego aí — encerrei, batendo o telefone.

A filha do gringo vinha conversando com algumas colegas. Depois, despediu-se das amigas e cruzou a calçada.

Fui atrás. Tomei coragem e me aproximei dela.

— Oi. Não se assuste. Sou o Guto, seu vizinho.

— Meu pai não gosta que eu fale com estranhos — disse ela, seguindo em frente.

— Não é nada disso que você está pensando...

A tentativa frustrada de puxar uma conversa foi cortada bruscamente por uma voz estridente.

— Quietinho — disse um homem com traços orientais, encostando um objeto pontiagudo em minha costela, enquanto outro cercava os passos da menina.

— Entrem no carro — ameaçou o sujeito, empurrando a mim e a ela para o banco traseiro de um veículo com vidros escuros.

17h

O carro arrancou a toda velocidade rumo à pista do Flamengo. No caminho, reviraram meus bolsos e apalparam meu corpo inteiro. Depois atravessamos os bairros de Botafogo, Jardim Botânico e Gávea. Parecia que os seqüestradores estavam indo em direção à Barra da Tijuca. E foi o que fizeram.

O trânsito intenso começava a ficar engarrafado. Passamos por uma série de prédios enormes e shoppings monstruosos. Os casebres espalhados ao longo da extensa via urbana formavam um tremendo contraste na paisagem. Na favela da Rocinha, então, habitada por mais de um milhão de pessoas, as casas se apertavam umas contra as outras, ocupando cada palmo do morro.

O motorista e os dois comparsas sentados ao nosso lado discutiam o tempo todo entre eles, numa língua em que eu não conseguia entender uma palavra sequer, ao mesmo tempo que não paravam de falar ao celular, como se estivessem trocando informações.

Entramos por uma estrada lateral e subimos uma colina isolada. O motorista, sem sair do carro, abriu um portão pesado com um controle remoto. Logo adiante, na parte superior do terreno, avistamos um casarão pendurado num penhasco à beira-mar.

— Desçam — disse um dos homens.

A casa, por dentro, era enorme e luxuosa. Mas o salão onde nos enfiaram, atulhado de armários com caixas de papelão, parecia um depósito.

Eu e a garota fomos jogados violentamente no chão, como se fôssemos dois sacos de batatas. Temi pelo pior, mas os cães de guarda saíram sem dizer uma palavra. Bateram a porta pesada e a trancaram por fora.

18h20

— Você é o culpado disso, garoto! — acusou a menina, tremendo de raiva.

— Eu?

— Você, sim.

— Foi mal. Deve ter sido por causa do DVD que a minha mãe pegou por engano.

— Se não acharem o disco que estão procurando estamos ferrados. Pensam que eu e você temos algum relacionamento secreto.

— Como é que você sabe da história, se estava na escola?

— Os homens são filipinos e só falavam no assunto enquanto nos traziam pra cá.

— Você entendeu tudo?

— Sim, conversavam em tagalog, um dos idiomas de meu país.

— E o que disseram?

—Que vão seqüestrar a sua mãe e revirar seu apartamento em busca do DVD.

— O quê?

— Quero mais que vocês dois se danem!

— Você não tem vergonha do que faz? Trabalhar em filmes pornográficos? — explodi, não contendo minha indignação.

— O que você viu não foi nada. Já fui obrigada a fazer sexo até com animais — revelou.

— Obrigada?

— Isso mesmo. Ou você acha que faço por prazer? — disse, pondo-se a chorar.

Pela primeira vez, ela fraquejou e deu mostras de ter sentimentos. Mas logo se recompôs. Enxugou o rosto rapidamente com a ponta da blusa do uniforme e, voltando à postura fria e arrogante, continuou a falar.

— Meus pais eram uns camponeses mortos de fome. Eles me venderam, quando eu era bem pequena, pra essa quadrilha chefiada pelo Hans.

— O alemão?

— Ele mesmo. Só que o cara é holandês. Em cada país, com a ajuda de comparsas espalhados pelo mundo inteiro, troca de nome, nacionalidade e passaporte. A mesma coisa acontece com os meus documentos.

— Qual é seu nome verdadeiro?

— Maria Dolores.

— Parece um nome espanhol — estranhei.

— Meu país foi colonizado pelos espanhóis durante mais de 300 anos. Depois, fomos dominados pelos Estados Unidos até a nossa independência, em 1946 — disse ela, me dando uma aula de história. — Lá é um paraíso para os que vão buscar crianças como eu. Primeiro apanhamos muito para aprender as coisas que esses tarados ensinam pra gente. Depois acabamos nos acostumando com esse trabalho nojento.

— E as que se recusam a obedecer aos caras? — indaguei.

— São mortas — foi a dura resposta. — Uma das minhas tarefas é aliciar novas garotas. Tirando a escola, os melhores lugares são os corredores dos shoppings nos fins de semana e salas de bate-papo online.

Dolores parou de falar durante um instante, com o olhar perdido no espaço, como se estivesse revivendo toda a sua vida.

— Aqui no Brasil é mole — prosseguiu. — A maioria das meninas sonha em ser modelo e ficar famosa, principalmente as que são mais pobres.

— É por isso que te vejo entrando com algumas de suas colegas no prédio?

— Sim. Convido-as pra tirar fotos para uma revista internacional.

— E elas aceitam?

— Quase todas. Por dinheiro, fazem qualquer coisa. Adoram ser penteadas e maquiadas. As sessões são feitas pouco a pouco. Primeiro posam de vestidos. Depois em biquínis e, finalmente, nuas. Sou eu quem ensina as poses, e uma tia da quadrilha é quem tira as fotos com uma câmera digital. Imagens de meninas peladas são vendidas por um bom preço na internet.

— As garotas também topam participar dos filmes de sacanagem?

— Só as mais bonitas é que são aproveitadas. Geralmente são dopadas e acordam sem ter noção do que aconteceu. Ou então fazem na marra mesmo. Cidades pequenas e afastadas dos grandes centros são as preferidas. O difícil é achar gente bonita nesses buracos. As meninas têm a pele maltratada, são desdentadas, magras, com cara de fome... Nessas regiões, as famílias vendem as filhas por uma ninharia.

Fiquei sem saber o que responder. Era de estarrecer qualquer um. A filipina falava como uma adulta veterana, sem demonstrar o menor remorso. Porém, o que mais me preocupava no momento era o destino da minha mãe.

Nisso a porta se abriu. Um homem idoso surgiu com um litro de água, dois pães com salame e um balde grande de plástico. Saiu do mesmo jeito que entrou: calado.

21h

Comemos em silêncio. A filipina, de uma hora para outra, parecia ter perdido a língua.

— Quem era aquela figura? — perguntei, tentando quebrar o gelo.

— O vigia.

— E os outros homens? — insisti.

— Saíram assim que chegamos. Não escutou o barulho do carro?

— Não.

Bati os olhos no balde trazido pelo homem e, intrigado, perguntei:

— Pra que serve aquilo? — apontei.

— É pra gente fazer xixi — respondeu a garota, na maior naturalidade.

— Quantos anos você tem? — quis saber, mudando de assunto na mesma hora.

— Faço 14 na próxima semana.

— Só? Pensei que tinha mais.

Se a minha irmã fosse viva, matutei, teria a idade dela.

23h

À medida que as horas passavam, eu ia ficando cada vez mais nervoso. Não conseguia parar de pensar na minha mãe.

— Temos de fugir — decidi, com um plano na cabeça.

— Como? — indagou Dolores, abrindo os braços. — Só se for de asa-delta. Eu conheço muito bem a casa. É um dos lugares usados nas filmagens. Este quarto dá pro despenhadeiro. Impossível sair daqui. Além do vigia, tem um monte de cachorros do lado de fora.

— E por ali? — perguntei, apontando pra janela que ficava aberta no alto pra ventilar o aposento.

— Só se for pra cair nas pedras e se esborrachar no mar.

— Vou dar uma olhada — decidi. — Me ajude a empurrar essas caixas — falei.

Empilhei algumas caixas junto à parede e subi nelas como se fossem os degraus de uma escada até alcançar a janela. Ainda bem que as luzes do andar de baixo estavam acesas, me permitindo enxergar no meio da escuridão. A garota não tinha mentido. Descer sem cordas seria suicídio. O mar rugia bem abaixo, quebrando-se com estardalhaço contra as pedras do paredão.

— O que tem nessas caixas? — perguntei.

— Mercadorias brasileiras que são contrabandeadas de barco para o exterior. Apesar de a pornografia ser um mercado altamente lucrativo, eles procuram diversificar os negócios.

Curioso, abri algumas. Havia aqueles produtos que os turistas gostam de comprar, todos falsificados: sandálias de borracha, cangas de praia, camisas da seleção brasileira e biquínis.

— Vou fazer uma corda — decidi, pondo-me a enrolar as cangas, prendendo-as umas nas outras com os nós que eu havia aprendido no alpinismo.

— Enlouqueceu! — disse ela, sentando-se no chão.

A menina, sem a menor cerimônia, levantou a saia, enfiou a mão na calcinha e tirou um lenço todo dobrado. Quando ela abriu o embrulho, deu pra ver vários comprimidos e pedrinhas de cores diferentes.

— Quer um? — perguntou Dolores, oferecendo-me uma delas. — Pode escolher. Já tomou ecstasy? É bom demais. Deixa você ligadão durante muitas horas...

— Eu não uso essas porcarias — respondi.

— Sabia. Você tem jeito de ser careta mesmo.

— Vocês tomam drogas durante as filmagens?

— Claro. Fico doidona e faço tudo que pedem. Mas fique tranqüilo. Eu só quero um calmante pra dormir. Com esta aqui — falou, colocando uma cápsula embaixo da língua —, a gente apaga rapidinho.

Meia-noite

Demorei pra terminar o trabalho. Quando acabei, estava caindo de sono. Tentei tirar um cochilo. Acabei dormindo até de madrugada. Acordei assustado. Pelo meu relógio, já eram quase 3 horas. Dali a pouco iria amanhecer.

A garota roncava, enrodilhada numa das cangas.

— Dolores, Dolores — chamei, tentando despertá-la. Não adiantou. Ela não iria levantar dali tão cedo.

3h

Prendi a ponta da improvisada corda cheia de nós na coluna de um armário de ferro. Subi na caixa e joguei o resto das cangas presas firmemente umas nas outras pra fora da janela. Enfiei meu corpo pela abertura e testei pra ver se a corda suportava meu peso. Achei que agüentava e resolvi arriscar. Se os nós afrouxassem, eu despencaria pelo paredão abaixo. Mas, teoricamente, seria uma descida fácil, comparada com as escaladas que estava acostumado a fazer.

Apesar do vento frio, suava muito, enquanto descia lentamente, apoiando meus pés na parede da casa.

As cangas pelo menos não machucavam as minhas mãos. Passei raspando pela janela do primeiro andar. O coroa dormia em frente à televisão ligada.

Baixei até o rochedo. Era escorregadio, mas dava para caminhar entre as pedras sem grandes dificuldades. Contornei a cerca do casarão e saí perto do caminho que havíamos percorrido. Fiz xixi no chão. Estava apertado e não tinha conseguido urinar dentro do balde.

Depois, corri até a estrada que ligava a Barra da Tijuca com a Zona Sul da cidade.

Não havia nem um posto de gasolina nas imediações, pra pedir ajuda. Ia ter que conseguir uma carona a qualquer custo.

4h20

Dei uma de doido e fiquei de braços abertos no meio da estrada. Os carros que passavam em disparada buzinavam, piscavam os faróis e se desviavam de mim, cantando os pneus.

— Maluco! — gritou um dos motoristas.

— Quer morrer? — berrou outro.

Quem é que ia parar para um garotão de bermuda, camiseta e descalço àquela hora da noite? Ninguém!

O carioca é paranóico com assaltos. Só anda com os vidros do carro fechados e nem costuma parar em cruzamentos de madrugada. O pânico é total.

Eu também não pararia, pensei.

O único carro que parou, finalmente, foi uma viatura da polícia militar. Os policiais desceram com os fuzis engatilhados, olhando desconfiados para os lados.

— Deitado! No chão! Agora! — ordenaram.

— Não atirem! Não sou bandido. Fui seqüestrado — implorei.

Por via das dúvidas, me algemaram e me levaram para uma delegacia do bairro.

6h

Minha sorte foi que a mãe já tinha alertado a polícia sobre meu desaparecimento.

O pessoal do prédio ligou para o trabalho dela, avisando que nosso apartamento havia sido arrombado. Fiquei angustiado, sem saber se os bandidos tinham encontrado o DVD ou não. Era a única prova concreta que eu tinha contra os bandidos.

Sem o disco, a Justiça não podia acreditar em meu depoimento.

Da delegacia, depois de comer um lanche, fui levado para o prédio da Polícia Federal, no centro do Rio de Janeiro.

O bicho tá pegando, pensei.

8h

Às 8h, fui numa viatura policial até o meu prédio. Na entrada do edifício onde eu morava havia duas viaturas policiais estacionadas e outros carros pertencentes a jornais populares.

Assim que descemos, os policiais abriram passagem, bruscamente, entre os agitados repórteres e fotógrafos. Encontrei minha mãe no hall, descabelada, com um terço na mão, rezando ao lado de um grupo de senhoras idosas. Assim que entrei, ela correu e me abraçou.

— Guto. Você está bem? — disse, soluçando sem parar.

Dali, subimos para nosso apartamento. A polícia estava terminando a perícia do local. Tava tudo revirado. O sofá rasgado, livros, CDs e roupas esparramados no chão. Um caos total.

— Onde está o DVD? — perguntou o delegado.

Ajoelhei tentando achar o volume com a capa de couro. O segredo de papai funcionara. O DVD continuava escondido no mesmo lugar!

— É este — falei, aliviado, entregando a prova do crime.

13h

O caso, por incrível que pareça, foi solucionado em pouco mais de 24 horas. O apartamento do alemão tinha sido abandonado. Mas o gringo, graças um alerta geral expedido pelos federais, foi preso no aeroporto internacional, ao tentar embarcar em um vôo para Manaus, portando documentos falsificados. Ao ser detido, usava uma ridícula peruca negra e raspara a barba ruiva.

Conforme me contaram, era um foragido procurado há muitos anos pela Interpol. Na Europa, respondia a uma série de acusações por pedofilia.

A nota triste foi que a polícia encontrou, na casa da Barra da Tijuca, o corpo dilacerado da menina filipina entre as pedras do despenhadeiro.

Eu ainda não sabia se ela havia sido assassinada ou se morrera acidentalmente ao tentar fugir pela janela. Só após o resultado do laudo emitido pelos técnicos do Instituto Médico Legal é que poderia dissipar a dúvida que tanto me atormentava.

Fiquei arrasado com a notícia. De que adiantava um ramo da quadrilha ter sido desbaratado? Dolores já tinha sofrido tanto na vida. Não tivera infância, nem adolescência. A meu ver, ela merecia um final feliz.

Leo Cunha

Procura-se

Anote aí os indícios: Leo Cunha é um mineiro que não bebe café, um brasileiro que não pula Carnaval, um barbado que não suporta filmes de ação. Canhoto pra escrever, destro pra chutar bola. Dono de hábitos suspeitos, como colecionar marcadores de livros (tem mais de 2 mil), jogar no lixo as jujubas verdes e ler histórias para a barriga grávida de sua esposa. Alguma coisa esse sujeito deve estar escondendo! Mestre do disfarce, é acusado de ser um homem de quatro caras, mas alega que é apenas gêmeos com ascendente em gêmeos. E não acredita em astrologia.

A NEGATIVA

Leo Cunha

"Não devemos nos preocupar em saber aonde vai o mundo, mas em saber aonde temos que ir nós mesmos."

Benedetto Croce

Sempre me considerei um sujeito prudente. Alguns diriam que sou até um pouco covarde, que vou a extremos pra evitar polêmicas, não entrar em brigas, contornar situações embaraçosas. Então, imaginem vocês como aquela pergunta me desconcertou.

— Você usa ou já usou alguma droga?

Não me entendam mal. Três horas antes, eu teria respondido sem pestanejar: "Não, nunca". E seria uma resposta absolutamente sincera. Mas agora...

Um curto-circuito travou meu cérebro: se eu falasse a verdade, talvez estivesse sendo mais falso do que se eu fosse sincero. Se, pelo contrário, mentisse, estaria mais próximo da verdade. Mas talvez fosse perigoso.

O pior é que eu não tinha tempo pra pôr os neurônios em ordem. A moça do banco me olhava nos olhos, plácida, tranqüila, à espera da resposta. Uma resposta curta e grossa, e não uma história inteira por trás da resposta. Eu não poderia começar um discurso da mesma forma como comecei a contar essa história: "Sempre me considerei um sujeito prudente..." Se ao menos ela imaginasse o que aquele momento significava pra mim, se soubesse o quanto eu queria e precisava ajudar o Saulo!

Se eu fosse mais corajoso, gritaria pra ela: "Eu só quero salvar o meu irmão!" Mas não, eu nunca faria isso. Provavelmente sairia de fininho, como tinha feito meia hora antes, no ônibus lotado que me levou até ali.

Desde o instante em que entrei no ônibus, os passageiros começaram a me olhar torto. A chiadeira era só questão de tempo. E não deu outra. Em cinco minutos, um sujeito de terno e gravata perdeu a paciência:

— Ô, trocador, dá seu jeito! Olha o calor que tá fazendo e o rapazinho ali espalhando esse fedor pelo ônibus inteiro!

O "rapazinho ali" era eu. Mas fingi que não era comigo e simplesmente olhei pras vitrines que passavam preguiçosas pela janela.

— Na boa, o senhor quer que eu faça o quê? — resmungou o trocador, levantando os ombros e estendendo as mãos pra frente.

— Sei lá, ué, manda o moleque parar imediatamente com esse troço, ou então expulsa ele do ônibus.

— Tá maluco? Se eu fizer isso a empresa me esfola vivo. Eu conheço o meu regulamento!

— Manda esse regulamento pro raio que o parta! É por isso que o país tá desse jeito, sabe?

Fechei os olhos e respirei fundo. O cheiro me entrou em cheio pelas narinas. Putz, era mesmo de embrulhar o estômago, ainda mais naquele calor de fevereiro, misturado ao suor dos passageiros, o meu inclusive! Mas eu não podia parar: precisava limpar as mãos, o braço, o pescoço, ou pelo menos disfarçar ao máximo as manchas.

Além do engravatado que reclamava com o trocador, uma velhinha tinha saído do lugar e estava em pé lá no fundo do ônibus, apontando pra mim. Outra senhora, de coque e saia comprida, com um neném lourinho no colo, babá talvez, não parava de balançar a cabeça em desaprovação. Onde é que essa juventude ia parar? Não existe mais respeito no mundo?

Eu devia ter simplesmente gritado: "Não sou maluco nem vagabundo! Só estou fazendo isso porque quero salvar o meu irmão!" Mas engoli em seco e paguei o mico. Afinal, eu não tinha escolha.

O que iriam pensar no banco se eu aparecesse todo pintado? Aliás, não seria de se estranhar se recusassem a minha figura exótica: muito alto e magro, branco feito leite, carequinha de tudo e com tintas coloridas espalhadas pelo corpo.

A altura e a brancura eu podia explicar fácil: ancestrais nórdicos por lado de pai e mãe. A careca também não tinha mistério: acabei de passar no vestibular, a turma do bairro raspou meu cabelo com máquina zero há poucos dias. A tinta é que era o problema. Eu podia dizer a verdade, ou seja, que eu tinha acabado de levar um baita trote na faculdade, no primeiro dia de aula. Mas como explicar que eu não tinha passado em casa pra tomar um banho decente, antes de um compromisso tão importante?

Claro, eu podia mesmo ter voltado pra casa. Mas aí eu teria que esperar mais um dia, e quem disse que o Saulo tinha esse tempo pra perder? Não, achei melhor passar numa farmácia, comprar um pote de acetona e um pacote de algodão e ir limpando a tinta no caminho mesmo. O fedor da acetona era desagradável, mas menos mau que as manchas.

Minha cabeça não parava: e se no banco pensassem que o cheiro era de álcool? Aí eu me estrepava de vez. Será que iam achar que eu estava de ressaca? Será que dá pra confundir acetona com álcool?

Se existe um troço incompreensível pra mim é a tal da química. Aquelas fórmulas não me entram na cabeça nem a golpes de cursinho pré-vestibular. Se não tivessem anulado a questão 5 — enunciado ambígüo, foi o que alegaram —, eu teria zerado a prova de Química, seria eliminado do vestibular e agora não estaria ali, empesteando um ônibus lotado, sem saber se seria aceito ou não, se tudo ia dar certo, se eu ia poder ajudar a salvar a vida do Saulo.

Ele não era apenas meu irmão mais velho e meu melhor amigo, mas também meu ídolo. Se não fosse o Saulo, eu continuaria detestando e desprezando todos os advogados do mundo. Como é mesmo a piadinha favorita dele? Ah, sim: "Como você chama mil advogados no fundo do mar? Um bom começo!" E aquela outra: "Suponha que você estivesse numa sala com o Bin Laden, o Bush, um advogado e um revólver com apenas duas balas. O que você faria? Daria dois tiros no advogado."

Só mesmo um advogado como o Saulo pra contar esse tipo de piada com tanta convicção e conhecimento de causa. Porque ele é a completa negação de todos os estereótipos e preconceitos contra a profissão. Ético, respeitoso, generoso. Como você chama um advogado como o Saulo, com 28 anos de idade, à morte no CTI? A maior injustiça do mundo.

Eu não conseguia tirar da cabeça a imagem dele no CTI, com tubos por todos os lados e a maquininha ao lado da cama, apitando pi-pi-pi feito uma macabra contagem regressiva. Mesmo muito pálido e magro, os dentes salientes para fora da boca, o Saulo ainda tinha ânimo para fazer piadinha.

— Não dizem que todo advogado é sanguessuga? Pois então, mano, eu tô virando vampiro!

Eu dei uma gargalhada, ele também, depois se contorceu todo de dor. O médico fechou a cara e falou pra ele evitar qualquer tipo de emoção, senão seu estado poderia piorar. O Saulo balançou a cabeça:

— Se eu não puder mais contar piada de advogado, prefiro morrer.

— Não diga uma coisa dessas, rapaz! — retrucou o médico muito sério.

— Mas é a pura verdade, doutor. Pode acreditar. Eu sigo aquele lema do Benjamin Franklin, o senhor conhece?

— Não, qual?

— Nunca minta para o seu médico nem para o seu advogado.

Ótima frase! Mais uma pra eu anotar na minha agenda. Cada vez que encontrava o Saulo, eu saía com uma boa lição ou, no mínimo, com uma boa frase.

Confesso que, antes de me decidir pelo Direito, cheguei a cogitar o vestibular pra Psicologia, pra seguir a carreira do meu pai. Tenho um grande fascínio pelos livros do pai, pelos casos que ele conta, pelos pacientes inusitados que costumo ver em sua sala de espera. Mas a influência do Saulo foi mais forte, o modo como ele sempre falava de forma apaixonada sobre a justiça. Apaixonada e surpreendente.

— Antônio, você já viu a estátua que simboliza Têmis, a deusa da justiça?

— Claro.

— E por acaso você sabe por que, na estátua, Têmis está segurando apenas um peso, e não dois?

— Tem alguma coisa a ver com aquele ditado "dois pesos e duas medidas"?

— Quase. É porque a justiça, no fundo, não tem a ver com a busca do equilíbrio nem da igualdade entre as pessoas.

— Não?

— Não, senhor! A justiça é um caminho individual, que cada um de nós deve trilhar, assumindo nossas responsabilidades, aceitando as conseqüências de nossos atos e aprendendo com os erros.

Sim, eu queria seguir o exemplo do meu irmão. Foi por isso que eu me esforcei tanto, me matei de estudar e acabei conseguindo passar num vestibular tão concorrido. Tudo bem que foi na segunda chamada, mas passei. Quando meu pai reclamou que ninguém na casa ia seguir sua carreira, o Saulo zoou:

— Pense bem, pai. Diz aí o nome de algum psicólogo importante cujo filho tenha seguido sua carreira.

Meu pai coçou a cabeça, pensou, pensou, mas não conseguiu lembrar.

— Pois então — emendou o Saulo. — Psicologia deve ser a profissão com o menor índice de hereditariedade no mundo. Deixe o Antônio seguir seu caminho. Tenho certeza que um dia ele vai ser um grande advogado.

Finalmente chegou o meu ponto. Dei o sinal pro ônibus parar e fiz uma figa: "Agora, seja o que Deus quiser!" Quem sabe aquela angústia toda era bobagem, vai ver o cheiro de acetona, as manchas de tinta, nada daquilo teria o menor problema. Bastaria explicar que era minha primeira vez e que eu não conhecia bem os procedimentos.

Entrei pela portaria principal, joguei o algodão num lixinho, guardei a acetona na mochila e me dirigi ao balcão de informações.

— Por favor, onde fica o banco de sangue?

— Segundo corredor à direita — apontou o porteiro.

Tive medo de que ele espichasse o olho pra examinar meu braço ou meu pescoço manchado e fungasse duas ou três vezes, estranhando meu perfume de tinta e acetona. Mas ele não notou nada de diferente em mim.

No entrada do banco, um moço de avental branco me entregou um formulário e me mandou esperar. Aproveitei pra espiar um folheto que trazia curiosidades sobre a doação de sangue ao redor do planeta. Você sabia que pode doar sangue de dois em dois meses e plasma uma vez por mês? Não. Você sabia que sessenta por cento da população precisa receber sangue ou algum componente sangüíneo pelo menos uma vez na vida? Não. Você sabia que o tipo mais raro de sangue é o AB? Não. Eu não sabia nada daquilo. Só sabia que meu irmão precisava deseperadamente de sangue A negativo, e que aquele era exatamente o meu tipo.

De cinco em cinco minutos, saía alguém por uma porta verde no canto direito, sempre apertando um algodão no braço. No canto esquerdo, havia uma porta vermelha, fechada, de onde não saía ninguém. Dali a pouco, a porta vermelha se abriu e uma voz chamou lá de dentro:

— Antônio Carlos Johansson!

Dei uma última conferida nas mãos e nos braços e achei que tinha conseguido quase um milagre. Só reparando muito pra perceber os restos de tinta. O cheiro da acetona também quase não se sentia mais. Mais confiante, entrei e me sentei diante de uma mesa. Do outro lado, uma mulher toda de branco.

— Bom dia, eu sou a Dra. Patrícia. Você veio doar para alguém específico?

— Pro meu irmão, Saulo Johansson. Ele está em estado grave no CTI.

Ela anotou qualquer coisa no formulário e, sem levantar os olhos da mesa, avisou:

— Preciso fazer algumas perguntas, o.k.?

— Claro.

E começou um rosário bastante detalhado:

— Você tem ou já teve alguma doença contagiosa?

— Não.

— Está tomando algum medicamento?

— Não.

— Tomou alguma vacina recentemente?

— Não.

— Fez alguma tatuagem no último ano?

— Não.

— Usa algum piercing?

— Não.

Eu ia respondendo a tudo sem maiores preocupações, pois pra mim estava claro que eu não me encaixava em nenhum daqueles vários grupos de risco.

— Ingeriu alguma bebida alcoólica nas últimas 24 horas?

— Não. Só no sábado é que eu tomei uma cervejinha com os amigos do meu prédio. Acabei de passar no vestibular e a gente estava comemorando.

— Sábado? Então não tem problema. Só mesmo se fosse nas últimas 24 horas.

— Ah, que bom!

— Você usa ou já usou alguma droga?

Buuuum! Alguma coisa explodiu dentro do meu cérebro.

Como é que eu não deduzi que iriam me perguntar isso? Era tão óbvio! E, no entanto, eu fiquei tão encucado com as manchas de tinta, o cheiro de acetona, a cabeça raspada, as minúcias mais bobas, e não vi o golpe chegando do outro lado.

Quem dera eu pudesse alegar que aquela pergunta tinha o "enunciado ambíguo", feito a questão 5 da prova de Química. Eu poderia simplesmente dizer: "Não há resposta possível para esta pergunta, questão anulada, passemos para a próxima..."

Mas não. Era uma pergunta muito simples, do tipo verdadeiro ou falso, sim ou não. Ou pelo menos era isso que a Dra. Patrícia esperava ouvir. Mas, pra ser sincera, a minha resposta não cabia num verdadeiro ou falso. Precisava ser uma resposta longa, discursiva, argumentativa, quase uma redação, um conto. Será que ela estava disposta a me ouvir?

Em um décimo de segundo, toda a cena do maldito trote passou por minha cabeça. O primeiro dia de aula tinha começado muito tranqüilo, cheguei a pensar que toda a fama do trote radical da escola de Direito era só folclore. Um professor barbudo entrou na sala muito sério e logo encheu o quadro-negro com os títulos de vários livros que a turma teria que ler ainda naquele semestre. Cada nome complicadíssimo, alguns em inglês, outros em francês. Achei aquilo tudo meio exagerado, mas não desconfiei de nada. Como eu estava sentado na primeira fileira, também não notei que a sala estava cheia demais, até com alguns alunos em pé. E devo ter me distraído um instante, porque, quando dei por mim, o tal barbudo já estava morrendo de rir e dizendo que não era professor coisíssima nenhuma; era um aluno do oitavo período e que nós, como todo calouro burro, tínhamos caído numa cilada.

— Declaro aberta a sessão oficial do trote da escola de Direito!

Gritos e aplausos ecoaram pela sala, sufocando os calouros. Olhei em volta e vi que metade dos presentes eram veteranos, todos em pé, com latas de spray, batons, esmaltes, tudo que pudesse nos "enfeitar". Em coisa de dez minutos estávamos todos pintados, da cabeça aos pés. Alguns dos meus novos colegas ameaçaram se rebelar, partir para a ignorância, reclamar com a diretoria, meter um processo na fuça daqueles veteranos. Uma menina garantiu que era filha do desembargador X, um cara jurou que era genro dum general Y.

Eu fiquei na minha, porque, como vocês já sabem, sou um cara precavido. Dentro de algumas horas eu iria doar sangue pro Saulo e não queria confusão pro meu lado. Na verdade, meu corpo estava ali, mas minha cabeça estava longe. Eu só conseguia pensar no meu irmão estirado na cama do CTI e a maquininha naquele pi-pi-pi infernal. Naquela hora, nem me passou pela cabeça que toda aquela tinta na pele poderia atrapalhar a doação.

A porta da sala se abriu uma frestinha e, do corredor, um aluno, que estava de guarda, deu o aviso:

— Galera, segura a onda aí que o Marco Túlio tá chegando!

Marco Túlio era o coordenador do curso de Direito. Entrou na sala com um sorriso largo, que parecia sincero e simpático. Fingiu não perceber que os calouros estavam fantasiados de arco-íris.

— Em nome da escola de Direito, quero dar parabéns e boas-vindas aos calouros. Espero que todos estejam dispostos a encarar cinco anos de muito estudo, muita leitura, muito empenho. E não deixem que os veteranos abusem muito de vocês. Esta universidade tem regras expressas sobre os tipos de trote aceitáveis. Nada de violência, nada de baixo nível. De preferência, trotes educativos ou solidários. É disso que nossa sociedade precisa, e aqui, na Escola de Direito, temos que ser os primeiros a dar o exemplo.

— Apoiado! Muito bem! Demorou! — gritaram os veteranos, disfarçando o riso.

Assim que o coordenador saiu da sala, alguém cochichou no meu ouvido:

— Todo ano o Marco Túlio fala a mesma coisa. Ele finge que fez seu papel, a gente finge que leva a sério e pronto. viva a civilização.

Foi nessa hora que o baseado começou a rodar pela sala.

— Atenção, calourada otária! — gritou o barbudo que tinha se passado por professor no início da aula. — Com certeza vocês sabem o que é isto aqui. Ou melhor, pensam que sabem. Porque os baseados que vocês conheceram até hoje não valem nada perto desta beleza aqui. Purissíssimo, coisa de Primeiro Mundo!

Me veio à cabeça que, muito provavelmente, a maconha do sujeito, por mais purissíssima que fosse, continuava sendo originária da Bolívia ou de algum país vizinho. Ou seja, era coisa de Terceiro Mundo. Mas não me atrevi a comentar nada.

O barbudo continuou sua pregação:

— Nessas porcarias que andam vendendo por aí misturam sabão em pó, pedaços de inseto, veneno de rato e, com alguma sorte, um pouco da boa e velha *cannabis*! Esta aqui não: é purissíssima, coisa de Primeiro Mundo!

— Será que ele não notou que já disse isso antes? — murmurou baixinho uma caloura linda, olhando pra mim. — Essa purissíssima deve estar afetando a memória dele.

Pra quê?! Um veterano de óculos que estava logo atrás da gente dedurou:

— Ô, Marcelo, esses dois aqui estão reclamando da sua aula!

O líder do trote arregalou os olhos.

— É mesmo? Será que eles conhecem mais sobre a erva do que eu? Temos aqui dois especialistas no assunto? Que sorte a nossa!

— Eu não falei nada! — me apressei a dizer. — Foi ela!

Eu sei, eu sei. Foi um ato deselegante, covarde mesmo. Joguei a bela às feras, sem piedade. Mas tentem entender minha situação. Eu não podia me envolver em nenhuma confusão! Minha reação foi apenas um reflexo automático; eu precisava me safar.

A menina — com quem certamente eu teria que conviver durante cinco anos, como colega — me lançou um olhar de desprezo. Depois abriu um sorriso charmoso pro veterano de óculos:

— *Data venia*, querido colega, eu acho que você ouviu errado.

O sujeito ficou vermelho, olhou pro chão, acabou salvando a menina e também a mim.

— Não foi nada, não, Marcelo. Eu é que confundi.

— Antes isso — bufou o líder, aliviado. — Bem, como eu ia dizendo, vou circular este baseado purissíssimo, de Primeiro Mundo, pela sala. Cada um dos calouros tem direito a dar um tapa, o.k.? Mas é um só, hein? Depois, só pagando...

Todo mundo caiu na risada. Não ficou claro se ele era quem iria vender depois ou se o vendedor seria outro e ele era apenas uma espécie de garoto-propaganda. De todo modo, eu estava convicto de que não iria dar tapa nenhum naquele baseado. Primeiro porque o treco iria chegar em mim todo babujado por quarenta e tantos marmanjos. Segundo porque eu não suporto cigarro, de nenhum tipo. Só pus um cigarro na boca uma única vez na vida, aos 12 anos de idade, num baile de Carnaval, e tossi tanto que até hoje não consigo entender como é que alguém pode fazer aquilo várias vezes por dia.

Enquanto o baseado ia passando de mão em mão e de boca em boca, eu me lembrei do Saulo me passando sermão, quando saiu a lista da segunda chamada.

— Escuta, mano, na faculdade muita gente vai te oferecer maconha ou outros fumos, pós, pílulas, tudo que você imaginar. Comigo foi assim, não tem por que achar que agora mudou.

— Tá bom, Saulo, tô sabendo. Mas fica frio, você sabe que droga não é minha praia.

Eu não estava a fim de discutir aquele assunto. Detesto quando o Saulo me trata como criança.

— Pô, Saulo, eu não sou nenhum menino inocente, ingênuo, sem noção das coisas!

— Eu sei, Antônio, mas você recusa uma, duas vezes, logo logo o pessoal começa a te tachar de "o careta". E aí, depois de um tempo, param de te chamar pras festas, pras reuniões nas casas de fulano e sicrano. Não é de maldade, não é esnobismo, babaquice, nada. Simplesmente acham que é menos constrangedor pra eles, não ter que ficar te oferecendo toda vez ou, pior ainda, te pulando na rodinha de fumo. E menos constrangedor pra você também. Eles vão continuar seus colegas, alguns até amigos, bons amigos. Mas vai ter sempre aqueles dias em que o seu telefone não vai tocar. Ou aquelas festas em que metade da turma simplesmente desaparece, vai pro quintal, vai pro quartinho dos fundos, dobra a esquina e depois volta todo mundo mais alegre, ou menos.

— Viu, já decorei tudo direitinho. Quer que eu anote na agenda junto com sua frase sobre a deusa Têmis?

— Ih, mano, não apela, não. Só estou querendo te ajudar...

Mas ali, na hora do trote, de nada adiantaria decorar, nem estar convicto. Porque os veteranos fizeram tanto barulho, gritaram tanto, zoaram tanto, que nenhum dos calouros se negou a dar o tal tapinha. Se alguém ousasse recusar, certamente ia ser pego pra Cristo e aí é que o negócio piorava. Quando chegou a minha vez, pensei assim: putz, vou ser o único estraga-prazeres? Vou passar por mala? É melhor dar logo esse tapa e pronto.

Não entendo como é que o meu cérebro, sempre tão precavido, tão prudente, ignorou o fato de que eu iria doar sangue dali a pouco. Como não percebi que a fatídica pergunta iria surgir e me derrubar?

— Você usa ou já usou alguma droga?

Talvez o olhar da médica não fosse tão plácido e tranqüilo como eu avaliei à primeira vista. Talvez fosse simplesmente um olhar mecânico, acostumado a repetir mil vezes as mesmas perguntas do questionário. Um olhar enfastiado, quase. Talvez estivesse meio sem graça de ser obrigada a fazer perguntas tão indiscretas. Vai ver estava até predisposta a engolir uma pequena mentira inocente, uma mentirinha conveniente.

Ai, meu Deus, o que o Saulo faria numa hora dessas? O que ele responderia? "Nunca minta para o seu médico nem para o seu advogado", ele tinha falado dois dias antes, citando Benjamim Franklin. Mas ora: a Dra. Patrícia não era a *minha* médica. E além do mais, que mal poderia fazer um único mísero tapinha? Que dano irreparável poderia causar? Seria motivo suficiente pra me impedir de doar sangue pra salvar o meu próprio irmão?

— Não, nunca usei — respondi.

Uma resposta curta e grossa. Exatamente o que a doutora estava esperando. Ela fez um X no formulário e passou para a próxima pergunta.

Respirei fundo, aliviado. Eu tinha passado na prova! Tudo bem que foi no último segundo, na segunda chamada, mas passei. A justiça estava feita!

Ou será que não?

Senti um aperto no peito, um desajuste, um desencontro completo entre a razão e a intuição. O lado prático me estimulava a guardar o segredo, o lado moral me censurava. Pra ser verdadeiro e bom como o Saulo, eu teria que mentir e esconder? Para ser fiel, precisaria trair? Cada vez menos eu tinha a ilusão de que era possível resolver esse conflito.

Foi naquele instante que me veio à mente a imagem do Saulo e tudo que ele sempre falava sobre a justiça: "Um caminho individual, que cada um de nós deve trilhar, assumindo nossas responsabilidades, aceitando as conseqüências de nossos atos e aprendendo com os erros." Será que era hora de assumir meu ato e aceitar as conseqüências? Quem era eu pra saber realmente o perigo de o Saulo receber meu sangue?

— Se bem que... — falei bem baixinho, quase um sopro.

A Dra. Patrícia levantou os olhos e me olhou com curiosidade, como se pela primeira vez tivesse um interesse genuíno naquele varapau careca do outro lado da mesa.

— Se bem que...? — ela repetiu minhas palavras quase cantando, como uma professora que inicia uma frase e espera que oaluno complete. "Em 15 de novembro de 1889 foi proclamada a Re... a Re...?"

Agora eu já tinha começado, tinha que terminar. Tomara que a Dra. Patrícia compreendesse e me aceitasse.

— Hoje cedo, no trote da faculdade, eu dei um tapa num baseado.

— Maconha? — Ela enrugou o rosto, visivelmente contrariada.

— É...

De repente, parece que ela começou a reparar nas manchas de tinta quase invisíveis no meu braço. E começou a sentir no ar o cheiro quase imperceptível da acetona. E estranhou a minha cabeça raspada. Eu me senti como um garotinho pego em flagrante pelo pai no exato instante em que quebrava a boneca preferida da irmã.

— Teve mais alguma coisa?

— Não.

— Tem certeza?

— Absoluta! Foi só um tapa. Eu nem traguei. Aliás, nem sei tragar. Não fumo nada, detesto cigarro de qualquer tipo.

— Sei... — Ela deu um riso de lado, que poderia ser de frustração ou de ironia.

Pra que eu fui confiar na razão, e não na intuição? Por que não mantive a primeira resposta, a negativa?

Agora era tarde, e eu precisava me defender.

— Por favor, doutora! Não precisa fazer um cavalo de batalha. Era uma brincadeira lá dos veteranos, todos os calouros tinham que participar. Todo ano eles fazem isso. Eu dei só um tapinha mesmo, juro por Deus!

Mas ela contorcia a boca e me examinava de cima em baixo. "É o que dizem todos...", ela parecia pensar.

— Eu não sou usuário, viciado, drogado, maconheiro, nada dessas coisas que você está pensando. Eu nem gosto de...

— Olha, Antônio, infelizmente você não pode doar sangue.

— O quê?

— Isso mesmo. Se quiser mesmo, volte daqui a um ano.

Engoli em seco.

— Um ano? Eu não tenho um ano! E o meu irmão muito menos! Quer dizer que, se eu tivesse tomado um porre de cachaça anteontem, eu podia doar, mas um único tapa num baseado...

— Sinto muito, são as normas. E você vai ter que preencher esta declaração aqui, dizendo estar ciente dos motivos.

— Não tem nada que eu possa fazer? O Saulo precisa muito de sangue A negativo.

— Negativo.

— Foi o que eu disse. Negativo.

— Negativo.

Eu já nem entendia direito o que ela estava tentando me dizer.

— Não é justo... — foi tudo que eu consegui murmurar, mas nem era uma queixa, era apenas uma constatação, um lamento, pra mim mesmo.

— Não me cabe questionar se é justo ou não. Não sou eu que faço as regras.

— Apenas obedece às ordens, não é? Feito um soldado?

— Eu entendo a sua tristeza, garoto, mas você também precisa entender que a minha atividade é muito delicada. Há muitos riscos envolvidos. Não é nada pessoal. É o protocolo, a gente tem que seguir.

— É o protocolo, são as normas, as regras, o regulamento. O dia inteiro eu trombei com isso. Aqui, na escola, no ônibus, em tudo quanto é lugar! Eu não sei mais o que é justo, o que é legal, o que é correto.

Ela me encarava atônita, sem saber o que dizer.

— Deixa pra lá, doutora, a senhora não tem nada com isso. É melhor eu ir embora daqui.

Assinei a tal declaração, larguei na mesa, me levantei e caminhei em direção à porta verde.

— Desculpe, Antônio, mas você não pode sair por aí.

— Como é que é?

— Essa saída é exclusiva para os doadores. Saia por aquela porta, por favor.

E apontou para a porta vermelha, por onde eu tinha entrado.

Foi a gota d'água! Além de tudo, eu tinha que passar aquela vergonha? Sair pela porta vermelha dos renegados? Ah, não, nunca! Eu ia sair pela porta verde e pronto!

Apertei o passo e, dali a um segundo, já estava girando a maçaneta. Mas a porcaria da porta não abriu. Escutei um tum-tum- tum no chão e, quando olhei pra trás, vi a médica correndo afobada em minha direção. Tentei de novo a maçaneta, forcei, puxei, nada. A porta verde estava trancada.

— Você não me escutou, Antônio? Esta porta é exclusiva para os doadores! Você tem que sair pela outra.

— De jeito nenhum! Que palhaçada é essa? Hein! Me explica que palhaçada é essa?

— Calma, garoto, calma, você está alterado!

Vocês precisavam ouvir o tom que ela usou. Sabem o que aquele tom estava sugerindo? "É a droga fazendo efeito." Isso me deixou ainda mais irritado.

— Dra. Patrícia, entenda uma coisa. Eu posso dormir aqui, posso até acampar aqui, mas não saio pela porta vermelha nem amarrado!

— Sinto muito, são as...

— As normas, as normas, já sei!

E de repente eu dei uma gargalhada bem alta, assim, do nada. Eu tinha acabado de ter a idéia mais brilhante do mundo. Ou a mais ridícula. Ou as duas coisas ao mesmo tempo...

Eu não queria perder tempo, nem deixar diminuir o meu incômodo. Abri o zíper da mochila, catei lá dentro o tubo de acetona, encharquei um chumaço de algodão e parti decidido em direção à porta vermelha.

— Eu tenho que sair por aqui? O.k., vocês venceram. Mas antes eu vou tirar a tinta vermelha todinha dessa porta!

A doutora me encarou de olhos e boca arregalados. “Agora é que o baseado bateu pra valer”, ela deve ter concluído.

Apertei o chumaço na porta com toda força: o líquido fedorento escapou do algodão e escorreu pela madeira. Esfreguei o chumaço pra cima e pra baixo, prum lado e pro outro, num ziguezague furioso. Mas logo em seguida interrompi o movimento no meio, porque meu celular começou a tocar.

E de repente toda aquela discussão, toda aquela confusão perdeu o sentido. A chamada era do meu pai: o Saulo não resistiu, tinha acabado de morrer.

Luiz Antonio Aguiar

Procura-se

Luiz Antonio Aguiar: perigoso agente-ora-infantil-ora-garotão infiltrado no mundo dos *Gente-Grande*. Tem muitos segredos na vida. Um deles é que, na verdade, não é adulto (mesmo já sendo avô do Vicente e da Olívia). É como a biografia bem séria da orelha deste livro – tudo disfarce para melhor poder exercer suas artes. Mas não se deixem enganar: ele está do lado de quem tem *mundos à vista*! Aquariano, carioca, bom cozinheiro e rubro-negro, escreveu esta história que, se algum politicamente correto souber que ele a está passando aos seus leitores, vai dar chabu. Esta é daquelas que ele não podia mesmo contar!

Sex^{3}

Luiz Antonio Aguiar

— Acho que você endoidou.

— É... pode ser — disse Fuinha, dando de ombros.

Os dois ficaram em silêncio por um instante, sem se olharem. Fuinha foi o primeiro a erguer a vista. O rosto era só preocupação.

— Mas você não vai contar pra ninguém, vai, *bro*? Mesmo achando que eu endoidei, você não pode me trair. Tô falando sério.

— Sua tia tá muito aflita. Andou telefonando lá pra casa, falou com minha mãe...

— Cigano, juro! Se eles me pegam, acabam comigo.

— Mas eles *quem*?

— Os caras... os... Ah, que aipo! Você é meu amigo, meu único amigo. Daí, eu queria que você soubesse. Pelo menos você!

Aipo, no *código* secreto dos dois, significava um palavrão medianamente cabeludo. Continuando a xingar, e passando logo aos *cabeludões-barbudões* e depois para os *abusadamente peludos*, Fuinha foi até sua mochila, pendurada numa cadeira, e tirou de lá de dentro uma pequena sacola de pano acetinado amarelo. Ficou parado, como se estivesse decidindo se ia ou não mostrar o que tinha na sacola.

No apartamento, uma quitinete fuleira num edifício pra lá de suspeito, no centrão de Copacabana, além daquela cadeira e do colchão que servia de cama e sofá de visitas, havia apenas uma geladeira. Foi justamente a geladeira que chamou a atenção de Cigano. Não havia cozinha no conjugado, a geladeira ficava num canto da sala, que era o único ambiente. Mas era uma tremenda geladeira. Aço inox, último tipo, dois andares, super. E um recheio de primeira.

Quer dizer, muitas caixas de suco, iogurtes, achocolatados, meia dúzia de copinhos de mate, queijos e frios, patê e torradinhas. E sorvete no freezer. Dos mais caros.

Cigano ficou se perguntando como, num apartamento tão porcaria, havia uma geladeira daquelas, último tipo, que ele só conhecia de anúncios na televisão. Devia custar mais que o apartamento. Cigano não iria se surpreender se a geladeira esticasse braços e pernas de repente e virasse um robô *poderoso-qualquer-coisa*.

Ou, por outra, ele tinha outras perguntas engasgadas, às quais já adivinhava, pelo clima geral, que Fuinha não ia responder.

Por exemplo, Cigano não conseguia compreender como Fuinha, um eterno duro, tinha descolado aquele apartamento, nem como tinha conseguido a geladeira, abastecimento incluído.

Mas a geladeira era o mais encucante. Como Fuinha conseguira fazer um mastondonte daqueles, a geladeira, entrar no apartamento? Pela porta, nem a pau! A porta do apartamento era pelo menos um terço menor do que as portas de um apartamento *familiar* — claro, para caber centena e meia de apartamentos em cada corredor, só fazendo porta em que se tinha de entrar de lado (pelo menos o Cigano, com seus noventa-e-quase-cem quilos). Havia a janela, é claro... Ou por outra, repensou, olhando em volta. Que janela que nada. Havia uma fenda envidraçada, dando para um paredão escurecido de fuligem. Janela era coisa que uma quitinete-caixa-de-sapato como aquela nem sonharia em ter — imagine!

Então, só se a geladeira tinha atravessado paredes.

Pensar nessa solução, por algum mau pressentimento, provocou em Cigano um calafrio.

E não ajudava nada lembrar como tinha sido chamado até ali. Cigano recebera um recado que de repente brotara na tela do computador em que ele estava matando tempo, numa loja cibergueto: "*BRO*, vem agora me encontrar na rua..." (e lá dava o endereço completo). Como o amigo desaparecido soubera que ele estava ali, naquela loja e naquele momento, e como conseguira entrar no sistema da loja eram apenas duas outras perguntas que Cigano tinha em mente, no caminho, e que fizera logo ao entrar. Mas Fuinha enrolara, dissera que *talvez* pudesse explicar... mais tarde, que tinha coisa mais importante para dizer...

Fuinha continuava parado, de pé, com a sacola amarela agarrada na mão, apertando a boca de pano como se algo, caso ele vacilasse, pudesse escapar lá de dentro.

Cigano sentiu os solados dos seus pés se enregelarem, depois o troço subir desagradavelmente até lá onde não devia chegar, entre suas pernas, e arrepiar tudo naquelas alturas também. Sabia o que era: pelo que se lembrava, devia ser a primeira vez que via Fuinha sem um computador por perto.

— Você não trouxe o seu laptop? — cravou Cigano.

Fuinha se voltou para ele, olhar assustado, e seus lábios de repente se entortaram num sorriso nervoso. Cigano não entendeu a piada. Sem responder, Fuinha retornou ao colchão, ao lado de Cigano, sempre com a boca da sacola apertada na mão. Ele era a imagem oposta de Cigano. Era magérrimo, meio encurvado, muito claro, meio pálido, enquanto Cigano tinha viçosas e rosadas bochechas.

— Você sabe o que são *grávitons*? — perguntou Fuinha.

— Nem desconfio.

— Até duas semanas atrás, eu também não.

— Foi há duas semanas que você sumiu — disse, quase acusadoramente, Cigano.

— Uma coisa tem a ver com a outra... Grávitons são... E teoria das cordas, sabe o que é isso?

— Tá querendo me dizer que você sumiu lá da escola e do prédio, da rua e do mundo, para estudar física? Ei! — exclamou Cigano. Havia percebido mais uma coisa: — Como é que não tem TV aqui? E nem aparelho de som? Você morre sem isso.

— Escuta, *bro*, a gente pode não ter muito tempo.

— Tá bom, então que tal conversar lá embaixo? Vamos tomar um shake, o.k.? Eu pago. Esta sua toca tá me deixando com claustrofobia!

— Eu não posso sair.

— Hem?

— Eu não saio deste apartamento há duas semanas. Agora, cala a boca e deixa eu explicar. — Fuinha tomou um fôlego, depois prosseguiu. Cigano resolveu escutar calado. — Teoria das cordas é sobre como o universo começou. Como tudo começou. Essa teoria acha... Puxa, agora é que você vai dizer mesmo que eu endoidei.

Cigano sorriu, mas não confirmou nem discordou. Fuinha era seu amigo. E havia muito, muito tempo. Já haviam entrado em briga juntos, quando eram moleques. Já haviam aprontado de tudo. Não era apenas seu amigo, eram os melhores amigos um do outro. Quando começaram a pensar mais em garotas — isso até que não fazia tanto tempo assim —, sempre trocavam idéias. E, quando a coisa se agravou, isto é, quando chegou a época em que só o que tinham na cabeça eram garotas, também conversavam. E só conversavam sobre isso um com o outro, com ninguém mais. Finalmente, quando Fuinha descobriu como hackear sites pornôs e aproveitar do bom e do melhor sem pagar, foi com Cigano que dividiu o segredo.

Fuinha era um hacker infernal. Não havia o que ele não invadisse. Não se interessava em fazer coisas *totalmente* ilegais (pelo menos, ao que Cigano soubesse, *até agora*...). Mas, se quisesse, poderia. Cigano também era dos bons, mas nunca um hacker tão inspirado quanto o amigo. Cigano e Fuinha passaram a ser seus nomes na internet e seus nomes na vida — pelo menos quando estavam fora do alcance de família, colégio etc.

Ora, bem que Cigano achou meio esquisito quando Fuinha se apaixonou pela Brigitte-Nham-Nham! Era uma atriz de site pornô de animação. E Cigano começou a estranhar mais ainda porque

Fuinha só falava nela, o tempo todo. Certa vez, Cigano chegou a dar um toque no amigo:

— Cara! Ela pode ser gostosa, mas é um desenho animado.

Fuinha o olhou desolado.

— Fuinha, você sabe disso, né?

Silêncio, e o Fuinha mais desolado ainda, a ponto de chorar.

— Né?...

— ...

— Escuta, se você quiser, eu ensino a você como se arranja uma namorada de verdade. Sem estresse. Quando quiser, tá?

É, o Cigano logo se tornou o mais descolado dos dois neste assunto.

Mas, diante da reação do Fuinha, achou melhor não insistir. Acreditava que amigos eram para isso mesmo. Agora, por exemplo, estava vendo ali o seu amigo, o melhor amigo que tinha e de quem era também o melhor amigo, completamente piradaço, falando coisas estranhas. No entanto, percebia o quanto ele estava aflito. E que tinha algo que queria, ou mesmo precisava, contar a ele. Que acreditava que era questão de vida ou morte contar isso para ele. Então, Cigano não ia discutir. Ia escutar. Como Fuinha escutara muitas vezes. Era assim entre amigos, não era?

— Tem uns cientistas que acham... — retomou Fuinha — ... que nosso universo não tem somente três dimensões... largura, altura, comprimento. Eles acham que nosso universo é uma *membrana*... Um caco de um universo que tem nove dimensões.

— Nove... — disse Cigano, novamente sem querer dar a impressão de estar discordando. Nem concordando.

— Isso. Acontece que a gente não vê, nem percebe nada, porque todas as partículas subatômicas do nosso universo só têm três dimensões também. Mas tem umas partículas que circulam por todo o multiuniverso de nove dimensões. Daí, elas podem estar em qualquer lugar. E em todos os lugares ao mesmo tempo. São os grávitons.

— Sei...

— Isto aqui — disse Fuinha, enfiando a mão na sacola, enquanto seus olhos, muito verdes, se arregalavam; ele, sem se dar conta, prendeu a respiração — é feito de grávitons.

Era um cubo amarelo.

Absolutamente opaco.

Parecia metálico.

E, ao mesmo tempo, flexível, como...

Como coisa nenhuma! Não se parecia com nada que Cigano reconhecesse.

Cigano ficou olhando aquela coisa — ocupava mal e mal a área da palma da mão do amigo, aberta. Fuinha prosseguiu:

— Isto aqui... pode levar à falência todas as empresas de informática do mundo. Todos os computadores, todos os programas... Fica tudo para trás. Pra trás pacas! Nem dá pra imaginar quanto. E isso não é nada. Eu ainda nem sei direito. É que nem se estivesse online com todos os computadores do planeta. Com todos e ao mesmo tempo. E pode fazer tudo, tudo mesmo... acontecer!... Quer dizer, o que é importante é que *eles* me matam para pegar esta coisa.

Cigano continuou examinando o cubo amarelo. Quis esticar um dedo e tocá-lo, mas pressentiu que Fuinha não ia deixar. O garoto ficou alguns instantes decidindo o que fazer. Embarcava ou não na história do amigão?

— Como é que você conseguiu essa coisa? — E foi dizer isso e se sentir ridículo. Aquele cubo amarelo, para ele, poderia até ter sido comprado num camelô. Quer dizer, havia sempre a possibilidade de existir um camelô aí pelas ruas que vendesse trecos que não servissem para porcaria nenhuma.

Fuinha cravou os olhos nele, como se estivesse avaliando o que devia contar ou não. Dava pro Cigano sentir a aflição do cara. Endoidando ou não, ele estava ainda mais magro, os olhos mais verdes, como se estivesse com febre. Ou com muito, muito medo.

Mas Fuinha não chegou a começar a contar essa parte da história — se é que iria contá-la — porque, nesse instante, tocou o celular do Cigano. Fuinha quase teve um colapso.

— Desliga essa bertalha! Já!

— Mas... — ia protestando Cigano, já petelecando a tampa do aparelho. Ninguém sacava um celular do bolso mais rápido que ele.

Fuinha lhe deu um tapa na mão e o celular voou:

— Pimentão-carambola! Escrevi na mensagem pra você para não trazer essa coisa aqui pra minha toca. Não pode viver sem estar plugado, né, cara? Que vagem! Você me ferrou agora! Você me matou!

Cigano recolheu o seu mascote do chão, indignado:

— Agora tenho certeza. Você ficou doido mesmo.

— Tá duvidando? Então, vê aí quem ligou — rugiu Fuinha, nervossíssimo. — Vê logo.

Cigano, ainda irritado, olhou a telinha. Seu celular era valente e veterano, muitas quedas e pancadas no currículo. Também não tinha quebrado nessa.

— *"RESTRITO"* — disse Cigano. — Normal!

— Normal, um repolho! São eles! Estão tentando me localizar. Ou já localizaram.

— Mas, que nada, isso é ligação de uma empresa. Acontece pacas.

— E que empresa ia querer falar com *você*? E num domingo?

Cigano brecou. É, era domingo... E quanto a alguma empresa ter algum assunto com ele, que nem conta no banco tinha, só se fosse... só se fosse...

Mas não lhe ocorreu nada. E Fuinha já o estava empurrando para fora do apartamento.

— Ei — protestou Cigano. — Você não me contou que história é essa.

— Corre! Se salva, *bro*! Sai do prédio rápido. E não volta para cá. Esta toca vai deixar de existir!

No corredor, Cigano abriu os braços:

— Como assim, deixar de existir?

— Eu contato você — disse o Fuinha e bateu a porta.

Cigano ficou um instante sozinho, olhando para cima e para baixo do corredor. Era um corredor bastante escuro. O garoto foi para o elevador e parou na porta — o mostrador indicava que o elevador ia subindo. Outro calafrio. Ele estava no oitavo andar. Teve certeza de que o elevador vinha para o oitavo. Certeza absoluta. Não queria ceder, mas, faltando dois andares para o elevador chegar, disparou corredor abaixo, encontrou as escadas e desceu. Os primeiros lances, devagar, cuidadosamente. Na ponta dos pés. E logo numa carreira ofegante. Passou direto pela portaria. Tinha lá um casal de velhos, um sujeito de sunga voltando da praia, uma mulher com uma mala executiva.

Ele cismou com a mulher — "Mas tá voltando do escritório num domingo?" Depois soltou uma fungada, debochando de si mesmo pela paranóia recém-adquirida.

Mas, qualquer que fosse a razão, no que o Cigano se pegou na rua, emendou uma corrida que só deteve quando se enfiou pela entrada da estação do metrô, poucos quarteirões abaixo.

O que ele não percebeu foi que justamente o casal de velhos o acompanhou com os olhos, no hall do prédio. A velhinha discretamente apertou uma rosa verde em alto-relevo, na ponta do cabo de sua sombrinha de cetim também verde. Uma minúscula circunferência se abriu no cabo e um olho de vidro mirou no Cigano. Algo ali fez um *clic!* baixo e abafado, e os velhinhos, de mãos dadas, entraram no elevador.

•

— Seu amigo abocanhou um segredo muito perigoso — disse o homem, cujas mãos não paravam de tremer. — Quer dizer... É perigoso fazer download de uma coisa dessas... entende? Uma coisa que ele nem devia saber que existia... Perigoso! Muito perigoso! Toda a comunidade já está sabendo.

— Comunidade...? — gaguejou Cigano. — Que comunidade?

— Ora... a *nossa* comunidade! — replicou o homem. — Nós monitoramos todo contato com... o exterior, entende?

— Não! — disparou Cigano.

— Você já ouviu falar no Caso Roswell, não ouviu? — replicou o homem. — Novo México. 1947. As autoridades nunca reconheceram que algo aconteceu ali. Nem muito menos contaram a ninguém o que *aconteceu* ali. *Top, top secret!* O maior segredo do século. Aliás, do século passado, deste e do próximo. Depois, houve o caso do *Aleph*. Buenos Aires. Dois anos depois, 1949.

Cigano balançou a cabeça: nenhum registro.

— Bem, foram os dois momentos em que essa coisa que seu amigo hackeou apareceu diante de *outros olhos*... de gente... comum! Essa coisa não veio deste planeta, garoto! Veio *de fora*!

Aquele "de fora" foi proferido com voz rouca, baixa e cavernosa. Realmente uma voz de outro mundo.

— Olha só isso... — falou o homem, estendendo a mão que tremia como pipa ao vento. — Fiquei assim depois que me pegaram. Minha nossa! — exclamou ele, então, impaciente, dando com a cara de espanto do Cigano. — Será que vou ter de explicar tudo a você? Não assistiu a *E.T., o extraterrestre*? Só que *eles* não são bonzinhos daquele jeito. *Eles* não são humanos, entende? E, pra *eles,* somos pulgas!

"Eles quem?", pensou Cigano, imaginando se esses *eles* eram os mesmos *eles* de que falou o Fuinha. Quanto ao tal filme, já assistira, sim, na tevê. Mas era coisa antiga, não era?

Ainda não entendia como tinha esbarrado com aquele sujeito. Aliás, *esbarrado* era bem o termo. Estava parado fazia uns três minutos na rua, combinando um programa com uma garota no celular, quando chegou o esquisito junto dele e sussurrou:

— Se você quer salvar o seu amigo, vem comigo.

Cigano olhou para o cara. "Como assim, vou com você? Vou nada!", era o que sua expressão de rosto dizia. Mas o sujeito insistiu.

— Não temos muito tempo. Você é amigo dele, não é?

Era um sujeito que... depois, pensando, parecia tão comum e apagado que Cigano não o conseguiria descrever. Estava vestido de cores neutras, calça jeans, camiseta escura, cor de coisa nenhuma. Tinha um corte de cabelo nem curto nem comprido, nem muito penteado nem despenteado, nada de barba nem bigode. Altura mediana, rosto sem traços fortes, enfim... Se o cara parasse do seu lado, você nem notaria.

A não ser, talvez, pelo guarda-chuva.

Era um estranho guarda-chuva para um cara tão discreto, até porque era mais uma sombrinha de senhora, de cetim verde e com uma rosa verde em alto-relevo na ponta do cabo.

Mas Cigano logo não prestava mais atenção na sombrinha, ou guarda-chuva, ou o que fosse, até porque tinha algo muito mais estranho em que se concentrar.

Andaram uns minutos em silêncio, até que entraram numa praça e, num banco na penumbra — já estava quase escurecendo —, sentaram-se e começaram a conversar.

Ou melhor, Cigano escutava, o cara é que falava.

— Tudo começou em Roswell. Uma nave caiu lá, numa fazenda longe de tudo.

— Uma nave...? — repetiu Cigano.

— Isso... Dois sobreviventes foram capturados. Entre os destroços, encontraram o cubo...

Sem poder se conter, ao escutar falar em "cubo", Cigano arregalou os olhos. O sujeito percebeu e foi em cima:

— Você viu o cubo, não foi? Viu, sim, confesse! Sabe onde o seu amigo está agora?

— Não me enche — disse Cigano, mais alto, e fez menção de se levantar.

A mão trêmula parou de tremer para agarrá-lo com uma força inesperada e fazê-lo se sentar. E o cara era bem menor que ele. O garoto ficou espantado. O cara não largou mais o braço de Cigano.

— Fica quieto aí, senão mais gente vai morrer além do seu amigo. Acha que eles vão deixar o acordo ir pro espaço... — e a palavra lhe provocou um risinho meio lunático — ...por causa de um hacker idiota? Não está percebendo o quanto a coisa é grande? Envolve... o domínio de toda a Terra, entende? Talvez mais além.

— É que...

— Cala a boca! O cubo fazia parte do acordo secreto. Foi o resgate dos sobreviventes, que ensinaram algumas coisas sobre como o dispositivo funciona. Não tudo, mas os caras tiveram de aceitar e libertá-los. Ou então, invasão, extermínio geral! Estava também no acordo que os ETs iam continuar abduzindo, na encolha, segredo total sobre isso. Iam continuar estudando a gente, fazendo testes. Só não podiam pegar ninguém muito importante, entende? Foi o acordo. Daí, quando os ETs assumirem de vez a direção, os figurões serão os gerentes da operação. Entendeu? Nós vamos ser pasto, cobaia. E os figurões... Eles vão te pegar, garoto! Já devem estar sintonizados em você!

Cigano estava zonzo. Olhou em volta. A distância, havia um sujeito fortão passeando com um cachorro. E também um pipoqueiro, um velhinho. Estranhou o velhinho. Na hora, ou por efeito do medo, ou por causa da distância, achou-o familiar.

— Dois anos depois de Roswell, não sabemos como, o cubo sumiu da base. Mas reapareceu em Buenos Aires.

— Isso pode ser papo de argentino — protestou Cigano, recompondo-se. — Eles até hoje querem fingir que não sabem que Pelé foi muito melhor que o Maradona e...

— Calado. Ouça, para você saber o tamanho da bagunça em que se meteu... O cubo, em Buenos Aires, foi visto por algumas poucas pessoas, só que ninguém entendeu coisa nenhuma.

Virou lenda, história, *causo*, literatura. E logo foi resgatado. Nunca mais saiu da base, até duas semanas atrás. Agora, o ultimato circulou na comunidade inteira. Nada demais, eles nos mantêm rastreados em tempo integral. Para eles, isso não é nada. Usam a gente para o que bem entendem e quando querem. A comunidade já sabe que o cubo foi replicado por esse seu amigo, esse...

— De que comunidade você está falando? — disparou, irritado, Cigano.

— O que importa... — e o cara sorriu. Agora era o corpo inteiro que tremia. — ...é que somos sua única chance, moleque, sua e do esperto do seu amigo. A réplica tem de ser eliminada. Ou... — O sujeito emitiu um suspiro e começou a tremer com mais intensidade ainda. — Você sabe onde esse garoto está, não sabe?

Cigano olhou para o homem e pensou que, se já tivesse visto um urubu pronto para dar um bote, ia ter aquela mesma cara. No susto, com um safanão, o garoto se soltou da mão do cara e saiu correndo. Ao contrário do que achou que iria acontecer, o sujeito não o perseguiu. Uma pequena antena se ergueu no carrinho de pipoca. Na coleira do cachorro conduzido pelo fortão, acendeu-se uma luz âmbar, que ficou piscando.

•

Tia Zelda adorava as segundas, terças e quartas-feiras. Nas quintas, dava para se virar. As sextas eram ruins. Sábado, só à tarde, em livrarias infantis, com direito a pipoca e cachorro-quente, mas, para beber, somente refrigerante ou sucos de caixinha. E domingo, menos que isso. Nos domingos, não havia lançamento de livros.

Todo sábado, então, ela fazia um investimento: comprava *O Globo* e o *Jornal do Brasil*. Sacava direto o caderno literário.

Respectivamente, *Prosa e Verso* e *Idéias*. E, nos cadernos, mais direto ainda abria na agenda, onde levantava os lançamentos da semana. Escolhia os mais promissores. Com escritores mais famosos, que eram sempre mais bem servidos. Às vezes, dois ou três em cada noite das melhores, de segunda a quarta (tinha como instrumentos de trabalho bolsas grandes, já supridas de recipientes de plástico de tamanho adequado), e o que desse, nas demais. Fazia a ronda dos lançamentos nas livrarias da Zona Sul. Bebia suas taças de vinho, comia canapés, sanduichinhos e salgadinhos até se fartar, levava um tanto de provisão na bolsa para os almoços e para os dias sem lançamentos.

Lamentava nunca poder comprar os livros, já que a aposentadoria dela — a mixaria que recebia em troca de quarenta e dois anos de contribuições — não dava para isso. Mas, de fato, era uma boa leitora — agora que já não trabalhava, passava as tardes na Biblioteca Nacional, no Centro, lendo. Ou então, no Museu da Imagem e do Som, vendo fotos antigas da cidade — outro de seus passatempos favoritos.

Tia Zelda, no entanto, podia ser até meio doida e o pessoal do prédio e da vizinhança podia achá-la bem esquisita, uma senhora miúda, gordota e solitária — mas era apaixonada por seu sobrinho Fuinha. Isso todo mundo sabia. Tia Zelda criara o sobrinho que, embora não gostasse de contar essa história, dizia que era órfão desde pequeno.

— Nós teremos sempre um ao outro no mundo, meu querido — dizia ela, aninhando o garoto num abraço. Era olhar para o rosto do Fuinha nessas horas que dava para saber o quanto ele adorava esses chamegos. Eram os únicos momentos que tinha de uma felicidade tranqüila. Como uma criança, adormecida em seu berço.

O carinho que ela tinha por Fuinha transmitira em parte para Cigano. Que, por sua vez, também gostava muito da pequena senhora. Sabia o quanto ela estava preocupada com o sumiço do sobrinho — que lhe telefonava todas as noites, mas nem assim conseguia tranqüilizá-la.

— Você o viu? Esteve com ele, não esteve? — perguntou tia Zelda, logo que Cigano chegou em sua casa.

— Anteontem — respondeu Cigano.

Tia Zelda se exaltou:

— E esperou todo esse tempo para vir falar comigo? Por quê?

— É que aconteceu uma coisa, logo depois... — respondeu Cigano, sem jeito. — Uma coisa que me deixou... de pé atrás... Então, dei um tempo e...

Tia Zelda esqueceu logo a zanga. E soltou um suspiro.

— Por aqui também têm acontecido umas coisas estranhas.

— O quê? — perguntou Cigano, ressabiado.

— Primeiro me diz se ele está bem. Está comendo direito?

Cigano olhou em volta. O apartamento de tia Zelda, um sala-e-quarto, estava limpo, ao contrário da toca do Fuinha. Era bem arrumado, todo cuidadinho, a cara dela... Mas a geladeira, na cozinha, era velha, enferrujada. Cigano resolveu não dizer à pequena senhora que seu sobrinho agora comia tudo de primeira, nada de salgadinhos, canapés e brigadeiros afanados.

— Ele está bem, sim... Está comendo... mais ou menos. Sabe, o Fuinha não liga muito pra isso.

— Sei que não, aquele garoto! Bem... Você leva daqui uma matula pra ele, certo? Estou com uns sanduichinhos de presunto ótimos!

— Que coisas estranhas aconteceram aqui, tia Zelda? — perguntou Cigano, sem perder tempo.

A mulher levantou-se da poltrona, rodopiou um pouco pela sala, voltou a se sentar...

— Não acredito que seja isso! — disse ela. — Tenho falado com ele toda noite, sabia? Não? Ora, ele não está nada... *assim*!

— Assim como? — Cigano estava tendo novamente um mau pressentimento.

— Recebi uma visita.

O pressentimento se transformou em calafrio rapidinho.

— O psicólogo lá do colégio de vocês...

Cigano encarou-a espantado, sem conseguir dizer nada.

— Ele me falou... — a pequena senhora baixou os olhos, como se sentisse vergonha. — ... que faz um tempo no colégio que perceberam que o meu garoto está tendo problemas... problemas mentais. Que ele... está andando com um grupo que faz mal... muito mal... "às paranóias dele", foi isso que o cara disse. E que ele está precisando de tratamento. Que precisavam encontrá-lo e, se eu sabia onde ele estava, ou se tinha combinado alguma coisa com ele, deveria lhe contar. *Para o bem dele*.

Os dois ficaram se olhando em silêncio. Cigano sabia que estava com uma expressão aterrorizada.

— Já disse para você. Não acredito nisso. Meu sobrinho não está maluco. Quero dizer — e soltou um suspiro —, não mais do que é normal a gente ficar maluco neste mundo de Deus. Não foi isso que me preocupou. Foi... — ela se deteve um instante. E Cigano, que aprendera a não se deixar enganar pelo ar inofensivo de tia Zelda, adivinhou exatamente o que ela ia dizer. — Desde quando o colégio de vocês tem psicólogo? E para fazer visita em casa por causa de um aluno? Aquilo é um colégio público caindo aos pedaços e...

— Desde nunca — murmurou, interrompendo, Cigano.

Tia Zelda cravou um ar triste bem nos olhos de Cigano.

— Ele está numa encrenca, não está?

— Eu não sei, tia Zelda. Juro, ele não me contou direito o que era.

A pequena senhora balançou a cabeça, num assentimento de compreensão. Depois de um segundo, disse:

— E se ele não contou nem a você, deve ser uma encrenca danada mesmo. Mas você vai ajudá-lo, não vai? E se houver algo que eu possa fazer, vai me dizer? Por favor!

— Não sei se a gente pode ajudar ele. Verdade mesmo, tia Zelda. Não sei de nada. Só que tudo ficou esquisito demais pro lado dele.

— Aconteceu uma outra coisa — disse tia Zelda, e Cigano entrou em alerta de novo. — Me telefonaram noutro dia Da companhia telefônica. Me perguntaram se eu conheço alguém em Abu-Dabhi, Cingapura, Liechtenstein, Machu-Pichu, Mandchúria, Patagônia, Alasca, Istambul... Um bocado de lugares remotos. Aí, pensei que era trote e os mandei passear, mas disseram que estavam investigando umas ligações que eu ando recebendo à noite, alguma pirataria para escapar de pagar por telefonemas internacionais. Quer dizer...

— Quem tem ligado toda noite é...

— ...meu sobrinho! — apressou-se a dizer tia Zelda, que nunca trataria seu amado por *Fuinha*, nem gostava de escutar esse apelido. Mas que pelo menos respeitava a mania dos garotos... — Foi isso que eu pensei. E nem ele pode estar em um continente a cada noite, não é?

— Tia Zelda — disse Cigano, se levantando. — Juro, não sei o que está rolando. Vou atrás dele de novo e, se puder, dou uma ajuda. Depois trago notícias.

— Vou ficar imensamente agradecida — disse a pequena senhora, e se levantou também, deu um gostoso beijo na bochecha de Cigano e o levou até a porta.

No que saiu do prédio de tia Zelda e entrou de novo na confusão de Copacabana, tinha tomado a decisão de voltar à toca do Fuinha, onde o havia encontrado. Mesmo achando que fazer isso era cretinice. Mas ia deixar o amigo na mão? Não, não podia.

Só não chegaria a cumprir a promessa de dar notícias a tia Zelda. Isso porque nunca mais veria a pequena senhora.

— Sexo ao cubo! A senha é *sexo ao cubo*!

Fuinha sussurrou isso no ouvido de Cigano e logo desapareceu, tão misteriosamente quanto havia surgido, do nada, ao lado dele, no meio da rua. O mais estranho era que ninguém mais parecia tê-lo visto. Além do Cigano, ninguém havia reparado no aparecimento e no sumiço do Fuinha.

Cigano sentiu uma vertigem. "Vai ver, eu é que estou doido", pensou. "Eu é que estou imaginando coisas, toda essa história, desde o começo. Foi isso: pirei!"

Mas havia mesmo alguém — a voz era do Fuinha — dizendo ao seu ouvido:

— A senha é *sexo ao cubo*. Salva isso na cachola, *bro*. Não esquece!

Então, Cigano acordou, em seu quarto, em sua cama.

Estava assustado como se tivesse escapado de um pesadelo.

Decidiu se levantar e ir direto procurar o Fuinha.

•

Já na plataforma, ela havia entrado no radar dele. Lindona. E o caso é que Cigano se derretia quando levava aquelas encaradas. Aqueles sorrisos de boca inteira. Aquele beicinho, todo mirado nele. A garota entrou no carro do metrô logo depois dele.

"Ah, meu jiló!", resmungou em pensamento Cigano, prostestando contra o balde de gelo que se colara na sua barriga.

Finalmente, conseguiu acreditar no que estava acontecendo e se sentou ao lado dela. A garota riu, deslizou no banco e grudou nele:

— Eu desço na próxima estação — disse ela.

— Eu desço aqui, mesmo com o metrô em movimento, se você quiser — disse ele.

Ela pousou a mãozinha no braço dele:

— Não precisa, bobo! Vem comigo.

Ela foi puxando Cigano como se fosse um cachorrinho ensinado e de barriga cheia. E, de fato, a língua de fora do garoto já estava fazendo por merecer um babador. Daí, ela o arrastou pelas escadas rolantes acima. Chegaram ao salão superior da estação e a garota continuou puxando Cigano até se sentarem num banco bem recuado.

— Eu me chamo Cassandra! — disse ela, o biquinho para lá de arrebitado, e sem largar o braço do Cigano.

— Uau! — suspirou ele.

— Que foi? — estranhou a garota.

— Com um nome desses — disse o garoto, com ar sonhador —, imagina só as coisas que você faz. É hoje!

— O que eu faço... — disse ela, e o tom de sua voz mudou de repente, tornou-se rouco, profundo... uma voz que dava a impressão de ser de alguém muito, muito velho... a ponto de Cigano piscar para ver se não havia outra pessoa agora, junto dele. — ...é transmitir avisos. E é bom você acreditar no que vou lhe dizer. Ou vai acontecer uma catástrofe.

Os olhos de Cassandra reviraram-se para dentro. Ela estremeceu por inteiro, como se estivesse levando um choque elétrico. A respiração tornou-se pesada, rápida. O peito movia-se para fora e para dentro em fortes solavancos. Um ronco veio de dentro dela.

Cigano olhou para todos os lados. Era bem tarde, o metrô estava quase fechando. Não havia mais ninguém ali no salão, e o garoto não ia se admirar se eles fossem os únicos ainda na estação. Começou a se sentir um passarinho otário apanhado numa arapuca.

— Deixa eu adivinhar — disse o Cigano. — Você não está a fim de um namorado, não é?

— Escute... O seu amigo...

— Que chicória! — murmurou Cigano. — Eu sabia! Era muito hambúrguer para o meu pãozinho!

— Você precisa saber o tamanho da catástrofe que seu amigo está prestes a provocar. A questão é que os deuses eram astronautas. Mas eram deuses também. É o que éramos e o que seremos até o final do tempo que vocês chamam de eternidade!

— Hein? — exclamou Cigano. E pensou: "Ela é doida!... Quer dizer, mais um!"

— Quando as pirâmides foram construídas, o poder que habita esse cubo...

"Cubo"; e, mais uma vez, a palavra disparou um alarme na cabeça do Cigano. Ele sentiu um fio de suor correr do seu cocoruto até o vértice superior de suas nádegas. O garoto odiou aquela gotinha de suor. Ainda mais que era gelada. E ali, diante da garota, não tinha cara para se coçar. Se bem que, do jeito que ela estava, nem ia reparar. Cassandra continuou a falar:

— ...já era mais antigo do que a memória. Aliás, o cubo é que transmitiu aos sacerdotes o segredo para construir as pirâmides. O poder dele percorreu o mundo, fundando a inteligência da sua espécie. Em celebração à sua passagem, foram erguidos misteriosos monumentos, como as estátuas da Ilha da Páscoa.

— Tem a ver com coelhos...?

Fosse gozação ou ignorância, a garota em transe não pareceu ligar.

— Hoje, os mortais não devem saber que continuamos presentes no mundo — sussurrou ela, soltando em seguida uma gargalhada. — A sanidade mental dos humanos não resistiria. Vocês simplesmente não podem conhecer o poder do cubo. O que a relíquia pode fazer é... inconcebível para vocês. Nenhum mortal se atreveria mais a sequer abrir os olhos, se soubesse...

— Nossa! Que jaca! Eu...

— Nada, nada, entendeu bem? — interrompeu Cassandra, apertando o braço de Cigano com uma força que o fez ganir baixinho. — Nada da racionalidade destes tempos conseguiria sobreviver um segundo sequer diante dessa revelação. Seu amigo sabe disso e, mesmo assim, está disposto a nos denunciar. O cubo é a prova de que não somos nem lenda, nem mito. É o nosso grande segredo! E assim deve permanecer. Em segredo, ou...

— Ou...?

— Ou... virá o triunfo do Mal! A Escuridão! O Caos! O Tudo

e o Nada transformados numa mesma realidade horrenda!

Cigano soltou um assovio baixo. "Uau!", pensou, tentando imaginar do que a garota, que agora havia se transformado numa megera, estava falando. Cassandra suavizou o aperto no braço dele.

— Seu amigo sempre foi um espírito perdido, você sabe disso, não é?

— Bem... Certeza, certeza, eu não tenho, mas...

— Procurou-nos em busca de auxílio e inspiração. Mas, agora, serve a *eles*!

— ...*eles*?

— Nossos eternos adversários o dominaram — disse a voz que vinha de Cassandra, e Cigano viu um fio de baba escorrer dos cantos da boca da garota. — E pretendem dominar você também! Foi seu amigo quem indicou você a eles.

— Peraí, cara! Ele nunca...

— Seu amigo já não é quem você conhecia. Ele agora é uma outra... *criatura*! Pertence a *eles* agora. Mas talvez você ainda possa salvar tudo. Você ainda pode se aproximar dele. E tomar o cubo. E trazê-lo de volta! Poderemos proteger você, se o cubo for devolvido imediatamente. Eu, a Sacerdotisa da Relíquia, prometo!

— Você é quem mesmo? — indagou num guincho o garoto.

— Basta — continuou Cassandra, sem se preocupar em responder — que o cubo nos seja restituído! É tudo, mortal!

— Mas... — balbuciou Cigano.

Logo a seguir, nova transformação. Cassandra virou a garota-mais-do-que-ótima de novo. Ela puxou Cigano para junto e lhe tascou um beijou. Na boca. De língua. Ele sentiu um zunido nos ouvidos.

— Agora, fecha os olhos, gostoso!

— Como?

E ela rosnou:

— Fecha os olhos, cara!

Um minuto depois, ou seja, quando Cigano atreveu-se a olhar

em volta de novo, ela havia sumido. Um vento gélido assoviava, atravessando a estação deserta.

•

Era mesmo um edifício mulambento. Tão mulambento que o vigia noturno nem ao menos perguntou a que apartamento ele ia, apesar da hora, quase madrugada. Na verdade, a portaria estava aberta, e o vigia, em seu banquinho, era daqueles experientes no serviço, que havia desenvolvido a técnica de dormir com um olho só enquanto o outro fingia que estava acordado. Enfim, Cigano passou direto, foi até o elevador, entrou e apertou o botão para o oitavo andar.

No que desembarcou, o corredor lhe pareceu ainda mais escuro que antes. Era um corredor imenso mesmo, e Cigano, meio perdido, foi conferindo a numeração, até chegar ao apartamento onde estivera dois dias antes. A porta não estava trancada. E não surpreendeu a Cigano que o apartamento estivesse abandonado e vazio. Fora uma tentativa, desencargo de consciência, mas lembrava muito bem de o Fuinha ter dito que a toca ia "deixar de existir".

Cigano sentou-se no chão:

— Que brócolis com maracujá! Inhame com ameixa! Batata-baroa com manga! E agora?

Ouviu um ruído qualquer no corredor, que o fez estremecer de susto. Pé ante pé, foi até a porta e checou para um lado e para o outro. Daquela escuridão, até mesmo um dragão poderia saltar em cima dele, que não ia dar para ver a coisa chegando.

Mas o caso é que havia mesmo alguma coisa chegando.

Alguém.

Cigano virou para correr em direção às escadas, quando uma voz soou:

— Por favor! Não fuja! Eu sou seu amigo! E amigo do seu amigo! Quero dizer, a gente não se conhece, mas... Eu posso ajudar vocês!

A pessoa apareceu, deixando de vez a escuridão:

— Meu nome é... Flávio! Dr. Flávio Orc! Fui eu... que visitei a sua tia.

— Tia Zelda? — espantou-se Cigano. — Você é o tal... *psicólogo do meu colégio*?

Ele sorriu, ao parar junto do Cigano. Tinha cabelos grisalhos, uma barba bem-aparada, cheiro de perfume caro, unhas bem-feitas — por manicura, sem dúvida ("Valeu! Se a gente tiver de sair no braço, esse cara vai ter medo de estragar o esmalte", pensou Cigano) — e vestia um suéter sem mangas, por cima de uma camisa social. Usava óculos, lentes grossas. Era um pouco mais baixo e bem menos corpulento que Cigano. E sorria amavelmente.

— Desculpe por essa mentira. Não quis assustar sua tia. Mas, a você, vou contar a história toda. Vamos entrar? — Orc apontou o interior do apartamento. — É mais seguro a gente conversar aí dentro.

Cigano não se sentia em nada ameaçado por aquela figura. Assim, entraram e fecharam a porta. Orc olhou em volta, com um ar de desagrado, provavelmente dirigido à sujeira reinante. Tirou então um lenço do bolso, que estendeu no chão para se sentar em cima. Cigano, sem nenhuma preocupação em preservar seus bermudões — que já não estavam tão limpos assim —, sentou-se direto no assoalho, em frente a ele.

— Vou lhe contar logo com o que estamos lidando. Trata-se de uma... sociedade.

— Sociedade, o quê?

— Perdão, mas é tudo muito secreto. Ainda não entendi direito os objetivos deles.

— *Deles*?

— Sim, deles.

— E você é mesmo psicólogo?

— Psiquiatra, para ser mais exato.

— E acha que o meu amigo está doido?

— Bem... — Orc pareceu avaliar Cigano com um olhar por alguns momentos. — Na verdade, meu paciente não é o seu amigo.

— Não?

— Não... — disse ele, soltando um suspiro.

— Então, por que você está atrás dele?

— Talvez para salvá-lo... Se eu conseguir... — Orc fez uma pausa. — Ou para que ele me leve à pessoa que eu procuro. Bem, vou lhe dizer primeiro no que seu amigo se meteu. Mas não tenho todas as informações. Apenas o que nos foi passado por um membro dessa... sociedade... que ficou assustado com o que eles estavam aprontando. Veja, você... Já morreu gente!... Sim! — Orc percebeu Cigano ficando pálido. — Você está correndo perigo de vida, meu garoto!

— Mas... essa tal...

— Sociedade... Bem, é uma maneira de chamar o grupo. Não sei se eles se deram essa definição. Sei que alguns deles são muito, muito ricos. Têm recursos ilimitados, ou seja... para você entender, garoto... — E Orc sorriu, complascente... — Eles podem fazer tudo! Qualquer coisa! Tudo!

Cigano ergueu-se, sem realmente querer ir a lugar nenhum, e enfiou as mãos nos bolsos do seu bermudão. Sentiu de repente uma falta tremenda dos seus headphones, tocando junto aos seus tímpanos alguma música no volume máximo. Mas seu iPod de terceira categoria tinha pifado. Depois que caíra na privada, é verdade, mas...

— Para eles — prosseguiu Orc —, é tudo uma brincadeira. E acredito que tenha começado assim. Mas é que a maioria deles é extremamente perturbada. Gente insana, entende? Personalidades psicóticas. Como... os *serial killers*, você sabe do que estou falando, não sabe?

Sim, Cigano sabia. Mais ou menos.

— Eles se reúnem e inventam uma história...

— Como assim?

— É um jogo! Depois, começam a mexer peças, os sócios se posicionam, eles criam situações... Creio que estão disputando quem consegue convencer mais *presas*. É assim que as chamam. Presas. Eles disputam... a capacidade da presa de distinguir o que é real do que não é. É o desafio doentio deles. Enquanto o jogo os diverte, eles o mantêm. Depois...

— Rúcula! Abacate! BE-RIN-GE-LA! — xingou Cigano, tentando afugentar o calafrio de medo.

— Seu amigo é apenas uma peça que captaram. Chamam isso de *pivô*. Ele é o centro da coisa toda. Aproveitam-se de pessoas fragilizadas. No caso do seu amigo, bem... Creio que ele realmente acredita que esse tal cubo que um dos sócios lhe deu para guardar...

— Peraí, cara! Eu vi o cubo! A coisa existe mesmo!

— Já imaginava isso. Não sei o que disseram a ele, mas o cubo não deve ser nada além de um objeto decorativo. Essas pessoas têm um tipo muito peculiar de senso de humor. Morrer e matar por algo que não vale nada... percebe?

Ou Cigano não viu a graça, ou não estava com espírito humorístico. Orc prosseguiu:

— Como chegaram a ele, ora? Recebi alguns dados... Apenas me confirme, por favor. Ele não vinha sofrendo de uma espécie... de delírio?

— Como assim? — engasgou Cigano, sinceramente sem saber como responder. Desde que conhecera Fuinha, o achava delirante. Mas, nele, achava que isso era *normal*. Então...

— Ora, vamos! Pode se abrir comigo. Ele está apaixonado por um desenho animado, não é mesmo? *Loucamente* apaixonado.

Brigitte-Nham-Nham! Mas Fuinha tinha consciência de que ela era um desenho animado. Ou não?

— Mas que aipim!... — E foi aí que Cigano percebeu a ênfase de Orc no *loucamente*... *Loucamente* apaixonado. E isso, dentro dele, descreveu perfeitamente Fuinha. Seu amigo estava mesmo *loucamente* apaixonado. Era uma paixão de maluco. Doidice. E mesmo assim Fuinha era capaz de fazer qualquer coisa para dar um amasso de carne e osso em Brigitte-Nham-Nham.

— A sociedade prometeu a ele que tudo... Ouça bem: *tudo*... tudo que ele desejasse poderia ser obtido. Se ele colaborasse. Com seus talentos de hacker, entende?

Sim, Cigano entendia. E estava começando a achar aquela história plausível. Pelo menos, bem mais fácil de acreditar do que todas as que escutara até então.

— Quer dizer que toda essa gente que tem me parado com conversas de doido...?

— Você já tem sido... contatado? — espantou-se Orc. Cigano demorou um instante para decifrar a pergunta, então balançou a cabeça, assentindo. — Isso quer dizer que estão tentando cooptar você para a trama. Pode ser uma oportunidade. De chegar até eles. Quero dizer... até os membros principais. Mas também pode ser extremamente perigoso. Essa sociedade pretende permanecer secreta, entende?

Um lampejo cortou o cérebro do Cigano:

— Eu sou uma presa, é isso? Para eles?

— Sim, provavelmente. — Era de apavorar. Orc continuou a explicação.

— Veja, eu não estava atrás de você. Estava de vigia aqui para ver se seu amigo retornava. É que continuamos recebendo telefonemas daquele sócio, nosso informante. Por enquanto, ele não foi descoberto... Escute, podemos não ter muito tempo. Você recebeu entre ontem e hoje alguma notícia do seu amigo?

— Tô começando a achar que faz tempo que não tenho notícia do meu amigo. Quer dizer, não pra valer. Então, ele se meteu com essa turma e não me disse nada? Puxa, que nabo! Mas... você disse... Ou melhor, você não disse... Quem é mesmo o seu paciente nessa história?

— Bem, não faz mal que você saiba. É uma garota. Mais ou

menos da sua idade, muito bonita. Acreditamos que tenha sido ela quem atraiu seu amigo. Parece um doce, mas é a mais perigosa de todos. Infelizmente. Os pais dela são gente para lá de poderosa. Trilhardários. Estão me pagando ouro puro para localizá-la. E, quando conseguir, já tenho uma equipe médica pronta para interná-la. No exterior. Uma monstra daquelas não pode ficar solta. O nome dela é Cassandra.

Cigano ficou paralisado. Sentiu suas tripas se retorcerem. As pernas bambearam e os joelhos do garotão cederam ao seus quase cem quilos. Ele se arriou de quatro no chão.

— Ela também já contatou você! — exclamou Orc, arregalando os olhos para Cigano. — Minha nossa! Você não sabe que perigo correu! Ela é capaz de arrancar a jugular de alguém com os dentes e sair cantarolando. Me conte tudo. Agora mesmo! Tudo!

•

Já era metade da madrugada quando Cigano saiu do prédio junto com Fábio Orc. O psiquiatra disse que iria tomar providências e que depois o procuraria. Disse também para Cigano não sair de casa até receber o telefonema dele. Era quarta-feira. Orc prometeu que antes do fim da semana daria notícias. Na portaria do prédio, repetiu todas as recomendações e, depois, um tanto abruptamente, voltou as costas e se afastou. Mais um instante, e era tragado pela escuridão, como se mergulhasse num bueiro. Ou talvez no Mundo Subterrâneo.

Cigano lamentou não estar com seu skate. Além de lhe parecer um show a cena de ele rolar metade do bairro, de madrugada, com as ruas quase desertas, não gostou nada da idéia de ter de caminhar até sua casa. Um tanto por cansaço; outro, por medo.

— Espinafre com beterraba! — resmungou.

E lá saiu, acelerando a pisada dos seus tênis 46 cano alto na calçada.

No entanto, mal havia atravessado dois quarteirões e o seu celular tocou. Cigano sacou-o do bolso, mas quase o largou, como se fosse metal em brasa, quando viu na tela escrito: "Restrito". Olhou para todos os lados na rua antes de flipar a tampa.

— Oi!

— Ele não é psiquiatra coisa nenhuma! — disse uma voz eletrônica. — É um dos sócios. Você agora é presa dele!

— Como? Quem?... Não tem ninguém aqui com esse nome. Foi engano, foi...

— Calma...! — ordenou a voz. E Cigano aprumou o corpo, duro que nem em posição de sentido. — Afaste-se daí o mais rápido possível. E não vá para casa. Vá para um outro lugar qualquer em que você possa se esconder em segurança até tudo isso passar.

— Hem? Mas que lugar é seguro? Vocês me acham em tudo que é buraco em que eu me meto. Quem é você, cara?

— Repito. Suma de circulação por uns dias. Logo o seu amigão estará de volta, e tudo será normal outra vez.

— Fuinha... ele vai voltar? Jura?

A seguir, Cigano ouviu uma seqüência de bips e a ligação se encerrou.

Nesse exato segundo, um carrão preto 4x4 surgiu do nada e brecou junto ao meio-fio. Dois homens enormes, usando máscaras de anões da Branca de Neve, saltaram da traseira. E dois mais, um deles usando a máscara da própria Branca de Neve, e o outro também de anão, pularam pelas portas da frente. No instante seguinte, Cigano se viu cercado. O garoto estava zonzo demais para reagir, mas, ao ver aquela Branca de Neve de 120 quilos e 1,92m avançando para ele, murmurou:

— É você mesma? Puxa, não via você desde criancinha.

Que...? — e antes que completasse a frase com um *kiwi-melão-caqui*, ou algo que o valha, levou um murro na ponta do queixo, que apagou de vez o mundo à sua volta.

•

Cigano começou a acordar com a sensação de que estava num lugar conhecido. Familiar. E estava mesmo... era o apartamento de tia Zelda.

Só que, no que abriu mais os olhos, percebeu que, na verdade, aquele *tinha sido* o apartamento de tia Zelda.

As paredes estavam estripadas. Tudo que via ao seu redor eram cacos.

Branca de Neve e os três anões estavam debruçados sobre ele. Ou melhor, não eram nada baixinhos, esses anões. Nem Branca de Neve era exatamente como ele se lembrava, do livrinho em que sua avó lia histórias para ele.

Além das máscaras, os caras estavam todos vestidos do mesmo jeito. Macacão cinza, camiseta preta por baixo. Tênis sem meia, pretos também. E luvas.

Cigano não gostou nada daquelas luvas.

E de fato um par de mãozorras enluvadas içou o garoto pelas orelhas, por trás, com seus cem-quilos-menos-um-bocadinho, colocando-o, na medida do possível, de pé.

— Onde é que tá o chip, moleque? — berrou na cara dele Branca de Neve. E, para reforçar, Dunga lhe deu um murro na boca do estômago, que o fez dobrar-se em dois. Dengoso, o que estava agarrado nas orelhas, puxou-o para trás, forçando-o a erguer a cabeça de novo. — Fala aí quando e onde você marcou de encontrar o Fuinha!

Tinha uma campainha que não parava de tocar dentro da cabeça do garoto. Mas ele escutara nitidamente Branca de Neve pronunciar o nome secreto do seu amigo.

— Onde está a velha? — berrou Atchim, soltando uma joelhada na coxa de Cigano que o faria fácil tombar de lado, de perna mole, se não estivesse o tempo todo suspenso pelas orelhas.

"Eles estão falando da tia Zelda?", perguntou-se o Cigano. "Será que foram eles que demoliram o apartamento? Mas onde está ela...?"

Os pensamentos iam cruzando a cabeça do Cigano, que levava pancada sem parar, até que teve o lampejo de que precisava deter a surra antes que o matassem:

— Eu falo — balbuciou ele. — Conto tudo para vocês.

Dengoso largou as orelhas do garoto, que desabou no chão. Branca de Neve não queria perder o pique e berrou de novo:

— Então, começa logo!

Cigano falou primeiro do cubo amarelo-opaco, dos grávitons e do universo de nove dimensões. A seguir, dos ETs e do acordo com autoridades terrestres para o domínio compartilhado do planeta. Falou também da comunidade, que ele não entendera direito do que se tratava, mas que podia ser um grupo secreto de abduzidos, parentes e amigos, por que não? Depois, das ligações telefônicas que tia Zelda recebera da Mandchúria, Liechtenstein etc. Depois, da Sacerdotisa e da visita à Terra dos deuses alienígenas, coisa de antes das pirâmides. Depois, do psiquiatra e da Sociedade de Psicóticos, e do telefonema não identificado, e quando, enfim, parou para tomar fôlego, Branca de Neve lhe deu uma bofetada.

— Tá de gozação com a gente, pirralho? — De fato, perto daqueles anõezãos, ele era um pirralho. — Não tá dizendo coisa com coisa. A gente quer saber é do *ultrachip* que o Fuinha inventou. Tá lendo muita história em quadrinhos, é?

— Ultrachip? — balbuciou Cigano.

— Ah, agora você entendeu, não foi? E já sabemos que tem

mais gente além de quem nos contratou na jogada. Quem mandou seu amigo anunciar a mercadoria na internet?

— Ei, não sei nada disso. Eu...

Outra bofetada.

— Não tenta avacalhar com a gente, não. Fuinha deixou seu nome e seu telefone celular como contato para chegar a ele. É isso que estamos fazendo aqui, sacou?

— Isso foi... — e Cigano cuspiu um pouco de baba com sangue — ...um contato?

— Nada pessoal! Negócios! É só para garantir que ninguém dá lance mais alto que a gente. Diz aí ou morre, cara. Onde está o Fuinha?

Atchim sacou de dentro do macacão uma pistola tão grande que Cigano demorou a entender que aquilo era de dar tiro. O garoto ficou boquiaberto. Pra quê? Atchim aproveitou e enfiou o cano da arma até a goela do Cigano.

— Assim ele não pode falar — repreendeu Dengoso. E Atchim, a contragosto, tirou o cano da boca do garoto. Para compensar a frustração, apontou-o para a testa dele.

E foi nesse momento que o apartamento explodiu.

Os bombeiros e a Defesa Civil, no dia seguinte, concluiriam que, quando o fogão fora arrancado da parede, em meio à depredação geral que o apartamento sofrera, o encanamento arrebentou-se e começou a espalhar gás. Aí...

Mas o que Cigano viu mesmo na hora foi um clarão, como se fosse um buraco no próprio ar, e soltando jatos de luz de cores variadas.

— Levanta, *bro*! Eu não agüento seu peso — escutou Cigano. E sentiu que alguém tentava ampará-lo. — A gente tem de sair daqui, *bro*. Depressa.

— Fuinha? — gemeu ele.

— Eu não ia deixar você se ferrar, *bro*. Mas vem logo que a coisa aqui tá feia.

Era luz demais, ele não estava enxergando coisa nenhuma, mas, tropeçando, ora de gatinhas, ora quase caindo, conseguiu fazer o que lhe mandavam.

— Tia Zelda... — lembrou Cigano.

— Ela já tá salva! Ganhou uma ilha só pra ela. Com um castelo. E uma tremenda biblioteca incluída. Uma adega gigante também.

— Hein? Hein? Hein?...?

— Agora não dá pra explicar. Vamos, *bro*... Um, dois, três e...

O buraco já estava se fechando. Cigano se sentiu empurrado para dentro dele. Teve também a impressão de que a pessoa que o estava amparando tropeçou no último instante, por causa do esforço de empurrá-lo, e não conseguiu entrar. O buraco se fechou logo a seguir.

Cigano acordou numa UTI, quatro dias depois. Traumatismos variados — conseqüências da surra.

E foi pelos jornais que soube das vítimas.

•

Quatro homens sem identificação, que o relatório policial descreveu como "corpulentos", foram encontrados sentados no chão do corredor do prédio de tia Zelda, com máscaras de "festa de crianças" e mais nada, ou seja, nus, e batendo palminhas uns com os outros, "cantarolando *uni-duni-tê-salamê-minguê...*". Foram recolhidos a uma clínica psiquiátrica.

Estacionado diante do prédio, ainda segundo o relato, estava um trailer, com algumas pessoas, que foi atingido por destroços da explosão do apartamento de tia Zelda — mais especificamente, um sofá, que, projetado pela janela, caiu sobre o veículo com uma surpreendente potência de impacto. "Mais parecendo um meteoro", dizia a notícia. Mas era um sofá mesmo. Estampado, segundo a perícia. O trailer foi destruído. Entre os destroços, a polícia identificou equipamento de alta tecnologia de escuta e comunicação, além de restos de disfarces, como perucas e próteses que tornariam quaisquer pessoas um convincente casal de velhinhos, mais um uniforme de pipoqueiro e uma carrocinha de pipoca desmontável, além de uma cabeça-robô de um cachorro. Havia três ocupantes no trailer. Todos, também, ainda sem identificação.

Um deles era um homem que ficava repetindo o tempo todo: "Eles são doidos! Plus-ultra! Muito doidos! Internem todos na Casa Verde!" Outro, também do sexo masculino, não tirava da boca o cabo de uma sombrinha com uma rosa verde na ponta e repetia em balbucios: "Mim quer ir pra casa! Mim quer ir pra casa!", apontando compulsivamente para o céu. A terceira pessoa era uma adolescente que, desde que fora encontrada, não saíra da posição de lótus, olhos fechados, e murmurando um interminável — e, segundo sempre os policiais, já insuportável — "Oooohhmmm".

A polícia concluiu que não havia nenhuma ligação entre esses indivíduos e a explosão. No relatório preliminar, todos eram indicados como *vítimas* do sinistro. Nenhuma dessas pessoas apresentava ferimentos físicos.

Já com os dois corpos encontrados dentro do apartamento que fora volatilizado "pela explosão a gás", a história fora diferente...

— Mas como vocês têm certeza que são eles? — perguntou um desconsolado e choroso Cigano.

Estava no Instituto Médico Legal. Fora chamado para reconhecer os cadáveres. Só que não havia muita coisa para reconhecer. Havia um troço-carvão um pouco maior e magricela, e outro troço-carvão miúdo e gorducho.

— Registros dentários... medidas... O computador cuspiu logo a identidade deles. Além disso, moravam lá, não é mesmo? Tia e sobrinho. Qual é a dúvida?

— É que eu estava dentro do apartamento também, quando a tal explosão aconteceu, e não vi sinal deles.

O investigador policial secou Cigano com uma olhada de alto a baixo. Já havia muita complicação naquele caso. Gente demais, todos pirados.

— Se você estivesse lá dentro, ia estar numa mesa aí, ao lado dos seus amigos.

— Mas eu...

— No pronto-socorro, contaram que você foi atropelado — resmungou o investigador — e que o motorista, sem se identificar, deixou você lá. O resto foi delírio seu, cara!

— Eu não ia me lembrar se tivesse sido atropelado?

— Não se a pancada fosse bem forte... E foi! Você ficou quatro dias apagado. Deve ter sonhado com coisa pacas.

Cigano emudeceu. E algumas lágrimas começaram a escorrer dos seus olhos.

— Vai assinar o reconhecimento ou não vai? — apertou o investigador. — Se não, eles vão pro buraco dos *joões-ninguém*. Vala comum. Vai deixar isso acontecer com seus amigos?

Cigano deu uma olhada para os dois troços-carvões sobre as mesas metálicas, fungou um pouco e assinou os papéis.

Foi saindo arrastando os pés, procurando um pouco de solidariedade e, quem sabe, até consolo nas pessoas com quem cruzava os olhos. Havia muita gente pelos corredores mofados. Uma moça falando sobre biquínis no celular, que sequer o olhou. O chefe da seção e um funcionário, um culpando o outro, por causa do sumiço dos cadáveres de dois indigentes — coisa que, pela escutada rápida da conversa, acontecia todo dia por ali. Depois, um casal de policiais fardados no maior papo, combinando um cinema para mais tarde, à noite. Um faxineiro com uns óculos e uma cabeleira que o tornava sósia de Raul Seixas, cantarolando "Ei, Al Capone, vê se te orienta..." Alguns cachorros sem dono, ou talvez cujos donos estivessem entre os hóspedes das geladeiras da morgue.

Caía uma chuvinha fina e brochante.

Cigano, assim que chegou à rua, resolveu prestar uma homenagem final ao Fuinha e à tia Zelda. Na falta de idéia melhor, chutou radicalmente um hidrante, dedicando a eles o berro de dor:

— RA-BA-NÊÊÊÊ-TCHÎ!

•

Já fazia quase uma semana que Cigano não ligava o laptop. Mal dormia, mal comia. O corpanzil arriado na cama, o quarto às escuras, não saía de sua cabeça aquele momento em que sentiu Fuinha tropeçando às suas costas — bem quando o amigo o empurrou para dentro do buraco de luz.

"Ele me salvou... e se estrepou por isso... Ou, então, eu é que endoidei. Imaginei tudo! Delirei. Nada dessa história faz sentido mesmo. Mas, se eu tivesse me virado, agarrado ele, puxado ele comigo... Cebola roxa! Alho-poró! Nirá! Lá vou eu de novo acreditando que a minha piração aconteceu... Mas, se não aconteceu...?"

E ficava nessa de morder o próprio rabo, sem conseguir se safar.

Se não havia enlouquecido antes, agora, sim, corria esse risco.

Então, no meio de uma madrugada dessas, Cigano acordou de seu quase-sono com o *biiip!* do seu laptop, em cima da escrivaninha.

— Ligou sozinho, foi, fera? Vá se embananar, então, tá? — resmungou e virou para o lado, querendo dormir. De repente, escutou vozes, vindas da tela, e voltou-se de novo.

Era um evento qualquer, desses em que estendem tapete vermelho na entrada de um tremendo teatro e ficam entrevistando as celebridades que chegam. A língua em que estavam falando podia ser até mandarim — pelo menos o entrevistador parecia oriental. Mas havia gente de todo jeito em volta, entre casacões felpudos, jóias, limusines chegando etc.

A câmera deu um close na entrevistada.

E era uma garota que fez Cigano emergir da depressão instantaneamente. E arregalar os olhos.

E só no segundo seguinte ele a reconheceu.

Quer dizer, reconheceu e tremeu no susto, e teve o impulso de pular para debaixo da cama.

Ou talvez não tenha sido apenas impulso, porque, na cena subseqüente, se viu estirado no chão. Mas controlou-se, resolveu se recompor; aí, ficou primeiro de quatro, para ver se agüentava, depois, e só depois de uns dez segundos, se pôs de joelhos, nariz colado na tela do laptop para ter certeza. E teve: a estrela entrevistada era uma velha conhecida:

— Brigitte-Nham-Nham! — exclamou.

Aí, apurou os olhos. Havia alguém do lado dela. Um boa pinta, super bem vestido. Descoladíssimo com chapéu de aba larga azul-turquesa forrado de seda e casaco do mesmo tecido, com gola e lapela de pele artificial imitando pantera negra. A mulherada por trás do cordão de isolamento acenava para ele. Foi difícil reconhecê-lo. Mas logo Cigano soltava um grito abafado.

De puro horror.

Ficou paralisado meio minuto, esfregou os olhos...

"Não pode ser, não pode..."...

Então, como se uma vozinha lhe desse cola do que fazer e coragem para arriscar uma piração das grandes, ali e no ato, sua mão direita, trêmula, chegou ao teclado e os dedos, hesitando, parando, recomeçando, digitaram:

"Sexo ao cubo."

E murmurou:

— Você disse que a senha era essa, não disse? — Seu dedão sentou toda força no *enter*.

Instantaneamente, o casal na telinha parou.

Uma chuva de fogos começou a pipocar lá em cima no céu. O cara enfiou a mão no bolso do casaco e a tirou em seguida.

Havia algo na palma da sua mão. Um close ligeiro, como se a câmera quisesse mostrar ao Cigano o que era, e o garoto podia jurar que vira rapidamente um pequeno objeto amarelo. Depois, a câmera afastou-se, Cigano viu o cara elegante olhando para a palma da mão, abrindo um sorriso e levantando os olhos para a tela, sorrindo sempre. Sorrindo para ele.

A câmera abriu mais ainda, e Brigitte-Nham-Nham mandou um beijinho devastador para Cigano. O malandrão felizardo ao lado dela lançou uma piscadela, cheia de moral, para o garoto, depois guardou a tal coisa de volta no bolso e o casal seguiu adiante pelo tapete vermelho. Desse ângulo, a garota era de fazer qualquer um cantar o hino da Terra do Nunca de trás pra frente. E o cara? Tinha ganhado até andar gingado. Não havia dúvida de que Nham-Nham estava fazendo bem a ele.

Cigano caiu sentado no chão, balançando a cabeça, rindo e chorando ao mesmo tempo. A cena apagou-se na tela do laptop, e lá apareceu uma mensagem em letras amarelas:

"Te pego aí quando você quiser, *bro*!"

Daí, o Cigano digitou:

"Tá, mas essa é mesmo a Brigitte... *aquela*? Como tá a coisa com ela?"

"Nham^3!"

"Meu pepino!... E que história toda foi essa? O que é esse cubo, hein?"

Um segundo de luzes variadas na tela e, a seguir, surgiu a resposta:

"Segredo."

Este livro foi composto na tipologia Neutra e
Garamond Premier Pro, em corpo 11,5/15 e impresso
em papel off-white 80g/m² no Sistema Cameron
da Divisão Gráfica da Distribuidora Record.